बर्मी लड़की

मण्टो अब तक-20

बर्मी लड़की

सआदत हसन मण्टो

वाणी प्रकाशन

वाणी प्रकाशन
4695, 21-ए, दरियागंज, नयी दिल्ली 110 002
फ़ोन : +91 11 23273167 फ़ैक्स : +91 11 23275710
शाखाएँ
अशोक राजपथ, पटना 800 004, बिहार
कॉफ़ी हाउस कैम्पस, महात्मा गांधी मार्ग, इलाहाबाद 211 001, उत्तर प्रदेश
महात्मा गांधी अन्तरराष्ट्रीय हिन्दी विश्वविद्यालय, वर्धा 442 001, महाराष्ट्र
www.vaniprakashan.in
marketing@vaniprakashan.in
sales@vaniprakashan.in

BARMI LADKI
by Saadat Hasan Manto

ISBN : 978-93-5072-275-6
Collection of Short Stories

संस्करण 2012
आवृत्ति 2018

मूल्य : ₹ 125

एम.एस. प्रिंटर्स, दिल्ली-110 095 में मुद्रित

वाणी प्रकाशन का लोगो मक़बूल फ़िदा हुसेन की कूची से

भूमिका

मण्टो की कहानियों के सम्बन्ध में एक और बात, जो बार-बार उभर कर सामने आती है, वह है समाज और व्यक्ति के आपसी रिश्तों, उनके परस्पर टकराव का सूक्ष्म चित्रण अपनी सारी समाजपरकता और सोद्देश्यता के बावजूद मण्टो 'व्यक्ति' का सबसे बड़ा हिमायती है। जहाँ वह व्यक्ति के रूप में आदमी द्वारा समाज पर किये गये हस्तक्षेपों के प्रति गाफ़िल नहीं है, वहीं वह उन असहज दबावों के भी ख़िलाफ़ है, जो समाज की ओर से व्यक्ति को सहने पड़ते हैं। समाज द्वारा व्यक्ति की आज़ादी के मूल अधिकारों के हनन को मण्टो एक जुर्म समझता है, उसी तरह जैसे व्यक्ति द्वारा जनता के शोषण को। मिसाल के तौर पर हम मण्टो की प्रसिद्ध कहानी 'नंगी आवाज़ों' को लें, जिसमें मण्टो ने पाकिस्तान में शरणार्थियों की एक छोटी सी कॉलोनी का चित्र खींचा है। कैसे मजबूरी में आदमी पशुओं के स्तर पर जीने लगता है और स्थितियों को कबूल कर लेता है और जो नहीं कबूल कर पाता, वह भोला की तरह अन्ततः पागल हो जाता है। यहाँ समस्या समूह की नहीं है—समूह तो उन हालात में सन्तुष्ट है ही—समस्या यहाँ व्यक्ति की है जो उन हालात को कबूल करने पर तैयार नहीं होता और तकलीफ़ पाता है। इस स्थिति में मण्टो की नज़र उस इन्सान पर है जो सामूहिक जीवन में अपनी निजता खो रहा है और इसीलिए मण्टो उन 'टाट के पर्दों' के ख़िलाफ़ ज़हर उगलता है जो इस निजता का गला घोंट रहे हैं।

लेकिन 'नंगी आवाज़ें' में अगर मण्टो की दृष्टि उन दबावों पर जाती है जो समाज व्यक्ति पर डालता है तो 'स्वराज के लिए' में उस हस्तक्षेप पर जो व्यक्ति समाज के प्रति करता है जब आदर्शों के कँटीले परिधान में व्यक्ति की यह निजता आहत होती है।

'नंगी आवाजें' की अपेक्षा 'स्वराज के लिए' कहीं अधिक गहरी और आक्रोश-भरी कहानी है जिसमें मण्टो ने अपनी बहुत-सी मान्यताओं को एकाग्र रूप में अभिव्यक्त किया है। कहानी, जैसा कि स्पष्ट है, महात्मा गाँधी और उनके आन्दोलन को पृष्ठभूमि में ले कर चलती है और उन आदर्शों की व्यर्थता सिद्ध करती है जो यथार्थ पर आधारित नहीं होते। मण्टो ने इस कहानी में प्रकारान्तर से यह स्वीकार तो किया है कि आदर्श जहाँ तक कि वे मानव की प्राकृतिक अच्छाई को बढ़ाने में योग

दें—प्रशंसनीय हैं लेकिन वह उनका अन्धानुकरण करने के सख़्त ख़िलाफ़ है। इस सिलसिले में मण्टो की धारणाएँ कितनी सही थीं यह आज़ादी के इन पच्चीस वर्षों में गाँधीवाद पर बस नहीं करती वरन उसे प्रतीक रूप में ले कर वह उन सारे वादों पर भी चोट करती है जो आदमी को नेक काम करने के लिए मदारी का चोला पहना देना चाहते हैं। किसी भी महत उद्‌देश्य को हासिल करने के लिए यह ज़रूरी नहीं कि आदमी अपनी इन्सानियत तज़ कर करिश्मेबाज़ी पर उतर आये जैसा कि 'स्वराज के लिए' के बाबा जी कराते हैं। एक व्यक्ति जब अपने व्यक्तिवाद द्वारा समूह को भेड़-बकरियाँ बनने के लिए प्रेरित करता है तो मण्टो उसे इन्सान की स्वभावगत अच्छाई का अपमान समझता है। प्रायः सभी देशों में जहाँ जनता धार्मिक अन्धविश्वासों में जकड़ी हुई है, राजनीति किस प्रकार व्यक्ति की सामाजिकता पर अपनी बदनुमा छाप छोड़ती है और व्यक्ति को ग़ैर-ईमानदार होने पर मजबूर करती है—यह भी मण्टो ने 'स्वराज के लिए' को माध्यम से अभिव्यक्त करना चाहा है। इसीलिए यह कहानी उस युग की सच्ची तस्वीर ही नहीं है, जिसे मण्टो ने देखा था, वरन उसकी कटुतम आलोचना भी है क्योंकि उन सारे आदर्शों में एक ऐसी घिनौनी सौदेबाज़ी थी जिससे बकौल मण्टो सारा आन्दोलन ठण्डी लस्सी में बदल गया।

'स्वराज के लिए' के साथ ही मुझे 'नया क़ानून' की भी याद हो आती है जिसमें एक अनपढ़ ताँगेवाले का अद्‌भुत हास्य-व्यंग्य और दर्द-भरा चित्र मण्टो ने किया है। जनता के एक ऐसे प्रतिनिधि का जो समझता है कि क़ानून के बदल जाने से स्थितियाँ भी बदल जायेंगी। मंगू कोचवान को देख कर उन हज़ारों-लाखों 'सुराजियों' की याद हो आती है जो यह समझ्ते थे कि आज़ादी के बाद सारी स्थितियाँ आप से आप बदल जायेंगी। लेकिन सुराज आया और स्थितियाँ वैसी की वैसी रहीं बल्कि कहें तो और अधिक ख़राब ही हुईं—जब सारे देश में भ्रष्टाचार खुले तौर पर फैल गया और एक घिनौनी साज़िश के परिणामस्वरूप देश के टुकड़े कर दिये गये। साम्प्रदायिकता, ग़रीबी, अशिक्षा और पिछड़ापन वैसा का वैसा रहा। नेताओं ने गद्दियाँ सँभाल लीं और जनतन्त्र में से जनता धीरे-धीरे ग़ायब होती चली गयी। एक तन्त्र भर रह गया जिसमें चुनावों पर इतना रुपया ख़र्च कर दिया जाता है जितना कि एक छोटे-मोटे देश का वार्षिक बजट होता है।

नीलाभ

अनुक्रम

ख़ुदफ़रेब

हम न्यू पैरेस स्टोर के प्राइवेट कमरे में बैठे थे। बाहर टेलीफ़ोन की घण्टी बजी तो उसका मालिक ग़यास उठ कर दौड़ा। मेरे साथ मसूद बैठा था। उससे कुछ दूर हटकर जलील दाँतों से अपनी छोटी-छोटी उँगलियों के नाख़ून काट रहा था। उसके कान बड़े ग़ौर से ग़यास की बातें सुन रहे थे, वो टेलीफ़ोन पर किसी से कह रहा था...

"तुम झूठ बोलती हो...अच्छा ख़ैर आज देख लेंगे...लो, यह क्या, तुम्हारे लिए तो हमारी जान हाज़िर है...अच्छा तो ठीक पाँच बजे...ख़ुदा हाफ़िज़...क्या कहा? भई कह तो दिया कि तुम्हें मिल जायेगी..."

जलील ने मेरी तरफ़ देखा "मंटो साहब ऐश करता है ये ग़यास।"

मैं जवाब में मुस्करा दिया।

जलील उँगलियों के नाख़ून अब तेज़ी से काटने लगा "कई लड़कियों के साथ उसका टाँका मिला हुआ है...मैं तो सोचता हूँ एक स्टोर खोल लूँ...लेडीज़ स्टोर... ख़्वामख़्वाह प्रेस के चक्कर में पड़ा हूँ...औरत का साया तक भी वहाँ नहीं आता। सारा दिन गड़गड़ाहटें सुनो। उल्लू के पट्ठे क़िस्म के गाहकों से मग़ज़-मारी करो...यह ज़िन्दगी है?"

मैं फिर मुस्करा दिया। इतने में ग़यास आ गया। 'जलील' ने ज़ोर से उसके हिप पर धप्पा मारा और कहा "सुनाइए, कौन थी यह जिसके लिए तू अपनी जान हाज़िर कर रहा था।"

'ग़यास' बैठ गया और कहने लगा, "मंटो साहब के सामने ऐसी बातें न किया करो।"

जलील ने अपनी ऐनक के मोटे शीशों में से घूर कर ग़यास की तरफ़ देखा और कहा, "मंटो साहब को सब मालूम है...तुम बताओ कौन थी?"

ग़यास ने अपनी नीले शीशे वाली ऐनक उतार कर उसकी कमानी ठीक करनी शुरू की "एक नयी है...परसों आयी थी टेलीफ़ोन करने...किसी से हँस-हँस के बातें कर रही थी। फ़ोन कर चुकी तो मैंने उससे कहा, जनाब फ़ीस अदा कीजिए। यह सुन कर मुस्कराने लगी। पर्स में हाथ डालकर उसने दस रुपये का नोट निकाला और

कहा, "हाज़िर है"...एक घण्टे तक यहाँ बैठी रही, जाते हुए दस रूमाल ले गयी।"

मसूद जो बिलकुल ख़ामोश बैठा ग़ालबन अपनी बेकारी के मुताल्लिक़ सोच रहा था। उठा "बकवास है...महज़ ख़ुदफ़रेबी है।" ये कहकर उसने मुझे सलाम किया और चला गया।

ग़यास अपनी बातों से बहुत खुश था। मसूद जब यकलख़्त बोला तो उसका चेहरा किसी क़दर मुरझा गया। जलील थोड़ी देर के बाद ग़यास के मुख़ातिब हुआ "क्या माँग रही थी?"

ग़यास चौंका, "क्या कहा?"

जलील ने फिर पूछा, "क्या माँग रही थी?"

ग़यास ने कुछ तवक्कफ़ के बाद कहा, "मेड इन फ़ार्म बेजर्स।"

जलील की आँखें ऐनक के मोटे शीशों के अक़ब से चमकी, "साइज़ क्या है"

ग़यास ने जवाब दिया "थर्टी फ़ोर।"

जलील मुझसे मुख़ातिब हुआ, "मंटो साहब यह क्या बात है, अँगिया देखते ही मेरे अन्दर हेजान सा पैदा हो जाता है।"

मैंने मुस्करा कर उससे कहा, "आपकी कुव्वत-ए-मुतख़्यि्यला बहुत तेज़ है।"

जलील कुछ न समझा और न वह समझना चाहता था। उसके दिमाग़ में खुद-बुद हो रही थी। वह उस लड़की के मुताल्लिक़ बातें करना चाहता था जिसके साथ ग़यास ने टेलीफ़ोन पर बातें की थीं। चुनांचे मेरा जवाब सुन कर उसने ग़यास से कहा, "यार हमसे भी मिलाओ उसे।"

ग़यास ने कमानी ठीक करके ऐनक लगा ली, "कभी यहाँ आयेगी तो मिल लेना।"

"कुछ नहीं यार तुम हमेशा यही ग़च्चा देते रहते हो...पिछले दिनों जब वह यहाँ आयी थी...क्या नाम था उसका? ...जमीला...मैंने आगे बढ़ कर उससे बात करनी चाही तो तुमने हाथ जोड़ कर मुझे मना कर दिया...मैं उसे खा तो न जाता" यह कहकर जलील ने ऐनक के मोटे शीशों के पीछे अपनी आँखें सिकोड़ लीं।

'जलील' और 'ग़यास' दोनों में बचपना था। दोनों हर वक़्त लड़कियों के मुताल्लिक़ सोचते रहते थे, ख़ूबसूरत, मोटी, दुबली, भद्दी लड़कियों के मुताल्लिक़... ताँगे में बैठी हुई लड़कियों के मुताल्लिक़...पैदल चलती और साइकिल सवार लड़कियों के मुताल्लिक। जलील इस मामले में ग़यास से बाज़ी ले गया था। दफ़्तर से किसी ज़रूरी काम पर मोटर में निकलता। रास्ते में कोई टाँगे में बैठी या मोटर में सवार लड़की नज़र आ जाती तो उसके पीछे अपनी मोटर लगा देता। ये उसका महबूब तरीन शग़ल था, लेकिन उसने कभी बदतमीज़ी न की थी। छेड़-छाड़ से उसे डर लगता था। जहाँ तक गुफ़्तार का ताल्लुक है, उसे ग़ाज़ी कहना चाहिए। बड़े-बड़े मज़बूत किले सर कर चुका था।

प्राइवेट कमरे में जब बाहर स्टोर से कोई निस्वानी आवाज़ आती तो ग़यास उछल

पड़ता और पर्दा हटाकर एकदम बाहर निकल जाता। मर्द गाहकों से उसे कोई दिलचस्पी नहीं थी। उनसे उसका मुलाज़िम निबटता था।

दोनों अपने काम में होशियार थे। स्टोर किस तरह चलाया जाता है। उसको क्योंकर मक़बूल बनाया जाता है, इसका ग़यास को बड़ा अच्छा सलीक़ा था। इसी तरह जलील को प्रेस के तमाम शो'बो पर कामिल उबूर था। लेकिन फ़ुर्सत के औक़ात में वह सिर्फ़ लड़कियों के मुताल्लिक़ सोचते थे। ख़याली और असली लड़कियों के मुताल्लिक़।

स्टोर में किसी दिन जब कोई भी लड़की न आती तो ग़यास उदास हो जाता। ये उदासी वह जलील से टेलीफ़ोन पर उन लड़कियों के मुताल्लिक़ बातें करके दूर करता जो बक़ौल उसके जाल में फँसी हुई थीं। जलील उसे अपने मअर्के सुनाता। दोनों कुछ देर बातें करते। स्टोर में कोई गाहक आता या उधर प्रेस में किसी को जलील की ज़रूरत होती तो यह दिलचस्प सिलसिला, गुफ़्तगू मुन्क़तअ हो जाता।

इस लिहाज़ से न्यू पैरस स्टोर बड़ी दिलचस्प जगह थी। जलील दिन में दो-तीन मरतबा ज़रूर आता। प्रेस से किसी काम के लिए निकलता तो चन्द मिनटों ही के लिए स्टोर से हो जाता। ग़यास से किसी लड़की के बारे में छेड़-छाड़ करता और उँगली में मोटर की चाभी घुमाता चला जाता।

जलील को ग़यास से यह गिला था कि वह "अपनी लड़कियों" के मुताल्लिक़ इन्तिहाई राज़दारी से काम लेता है उनका नाम तक नहीं बताता। छुप-छुप कर उनसे मिलता है, उनको तोहफ़े-तहायफ़ देता है और अकेले-अकेले ऐश करता है। यही गिला ग़यास को जलील से था। लेकिन दोनों के दोस्ताना तालुक़ात वैसे-के-वैसे क़ायम थे।

एक रोज़ स्टोर में एक स्याह बुर्क़े वाली औरत आयी। नक़ाब उलटा हुआ था। चेहरा पसीने से शराबोर था, आते ही स्टूल पर बैठ गयी। ग़यास जब उसकी तरफ़ बढ़ा तो उसने बुर्क़ा से पसीना पोंछकर उससे कहा "पानी पिलाइए एक गिलास।"

ग़यास ने फ़ौरन नौकर को भेजा कि एक ठण्डा लेमन ले आये। औरत ने छत के साकिल पंखों को देखा और ग़यास से पूछा "पंखा क्यों नहीं चलाते आप?"

ग़यास ने सिर ता पा मा'ज़रत बनकर कहा, "दोनों ख़राब हो गये हैं। मालूम नहीं क्या हुआ...मैंने आदमी भेजा हुआ है।"

औरत स्टूल पर से उठी, "मैं तो यहाँ एक मिनट नहीं बैठ सकती" ये कहकर वह शो-केसों को देखने लगी, "आदमी ख़ाक शॉपिंग कर सकता है दोज़ख़ में।"

ग़यास ने अटक-अटक कर कहा, "मुझे अफ़सोस है...आप...आप अन्दर तशरीफ़ ले चलिए...जिस चीज़ की आपको ज़रूरत होगी मैं ला कर दूँगा।"

औरत ने ग़यास तेज़ क़दमी से आगे बढ़ा। पर्दा हटाया और उस औरत से कहा "तशरीफ़ लाइए।"

औरत अन्दर कमरे में दाख़िल हो गयी और एक कुर्सी पर बैठ गयी। ग़यास

ने पर्दा छोड़ दिया। दोनों मेरी नज़रों से ओझल हो गये। चन्द लम्हात के बाद ग़यास निकला। मेरे पास आ कर उसने हौले से कहा, "मंटो साहब क्या ख़याल है आपका इस लड़की के बारे में?"

मैं मुस्करा दिया।

ग़यास ने एक ख़ाने से मुख़्तलिफ़ एक़्साम की लिपिस्टकें निकालीं और अन्दर कमरे में ले गया। इतने में जलील की मोटर का हॉर्न बजा और वह उँगली पर चाभी घुमाता नमूदार हुआ। आते ही उसने पुकारा, "ग़यास, आओ भई, सुनो, वह कल वाला मामला मैंने सब ठीक कर दिया है" फिर उसने मेरी तरफ़ देखा "ओफ़्फ़ोह मंटो साहब, आदाब अर्ज़...ग़यास कहाँ है?"

मैंने जवाब दिया। "अन्दर कमरे में।"

"वह मैंने सब ठीक कर दिया मंटो साहब...अभी-अभी पेट्रोल पम्प के पास मिली, पैदल जा रही थी मैंने मोटर रोकी और कहा जनाब यह मोटर आख़िर किस मर्ज़ की दवा है उसे मजंग छोड़ कर आ रहा हूँ..." फिर उसने कमरे के पर्दे की तरफ़ मुँह करके आवाज़ दी..."ग़यास बाहर निकल बे।"

जलील ने उँगली पर ज़ोर से चाभी घुमाई "मसरूफ़ है...। अब उसने अन्दर मसरूफ़ होना शुरू कर दिया है" कह कर उसने आगे बढ़कर पर्दा उठाया। एकदम उसके जैसे ब्रेक सी लग गयी। पर्दा उसके हाथ से छूट गया। "सॉरी" कह कर वह उलटे क़दम वापिस आया और घबराए हुए लहजे में उसने मुझसे पूछा "मंटो साहब कौन है?"

मैने दरयाफ़्त किया, "कहाँ कौन?"

"यह...ये जो अन्दर बैठी होंठों पर लिपिस्टिक लगा रही है।"

मैंने जवाब दिया, "मालूम नहीं गाहक है।"

'जलील' ने ऐनक के मोटे शीशों के पीछे आँखें सिकोड़ी और पर्दे की तरफ़ देखने लगा। ग़यास बाहर निकला। 'जलील' से "हलो जलील" कहा और आईना उठा कर वापस कमरे में चला गया। दोनों दफ़ा जब पर्दा उठा तो जलील को उस औरत की हल्की सी झलक नज़र आयी। मेरी तरफ़ मुड़ कर उसने कहा, "ऐश करता है पट्ठा" फिर इज़तिराब की हालत में इधर-उधर टहलने लगा। थोड़ी देर के बाद पर्दा उठा। औरत होंटों को चूसती हुई निकली। जलील की निगाहों ने उसको स्टोर के बाहर तक पहुँचाया फिर उसने पलट कर कमरे का रुख़ किया। ग़यास बाहर निकला रूमाल से होंट साफ़ करता। दोनों एक-दूसरे से क़रीब-क़रीब टकरा गये। जलील ने तेज़ लहजे में उससे पूछा, "ये क्या क़िस्सा था भई?"

ग़यास मुस्कराया, "कुछ नहीं" ये कह कर उसने रूमाल से होंट साफ़ किये।

'जलील' ने ग़यास के चुटकी भरी, "कौन थी?"

"यार तुम ऐसी बातें न पूछा करो" ग़यास ने अपना रूमाल हवा में लहराया। जलील ने छीन लिया ग़यास ने झपट्टा मार कर वापस लेना चाहा।

जलील पैंतरा बदल कर एक तरफ़ हट गया। रूमाल खोल कर उसने ग़ौर से देखा जगह-जगह सुर्ख़ निशान थे। ऐनक के मोटे शीशों के पीछे अपनी आँखें सिकोड़ कर उसने ग़यास को घूरा, "ये बात है।"

ग़यास ऐसा चोर बन गया, जिसको किसी ने चोरी करते-करते पकड़ लिया है, "जाने दो यार...इधर लाओ रूमाल।"

जलील ने रूमाल वापस कर दिया, "बताओ तो सही कौन थी?"

इतने में नौकर लेमन ले कर आ गया। ग़यास ने उसको इतनी देर लगाने पर झिड़का, "कोई मेहमान आये तो तुम हमेशा ऐसा ही किया करते हो।"

ग़यास ने जलील से पूछा, "यह लेमन उसी के लिए मँगवाया गया था।"

"हाँ यार...इतनी देर में आया है कमबख़्त...दिल में कहती होगी प्यासा ही भेज दिया।" ग़यास ने रूमाल जेब में रख लिया।

जलील ने शो-केस पर से लेमन का गिलास उठाया और ग़टाग़ट पी गया, "हमारी प्यास तो बुझ गयी...लेकिन यार बताओ ना थी कौन? ...पहली ही मुलाक़ात में तुमने हाथ साफ़ कर दिया।"

ग़यास ने रूमाल निकाल कर अपने होंट साफ़ किये और आँखें चमका कर कहा "चिमट ही गयी...मैंने कहा देखो ठीक नहीं...दुकान है...ज़बरदस्ती मेरे होंठों का चुम्मा ले गयी।"

एकदम मसूद की आवाज़ आयी, "सब बकवास है...महज़ ख़ुदफ़रेबी है।"

ग़यास चौंक पड़ा। मसूद स्टोर के बाहर खड़ा था। उसने मुझे सलाम किया और चल दिया। जलील फ़ौरन ही ग़यास से मुख़ातिब हुआ, "छोड़ो यार तुम ये बताओ फिर क्या हुआ? ...यार चीज़ अच्छी थी...क्या नाम है?"

ग़यास ने जवाब न दिया। मसूद की आवाज़ के अचानक हमले से वह बौखला सा गया था। जलील को एकदम याद आया कि वह तो एक बहुत ही ज़रूरी काम पर निकला है। उँगली पर चाभी घुमा कर उसने ग़यास से कहा, "लड़की के मुताल्लिक़ फिर पूछूँगा...अच्छा मंटो साहब अस्सलाम अलैकुम" और चला गया।

मैंने मुस्करा कर ग़यास से पूछा, "ग़यास साहब इतनी जल्दी पहली ही मुलाक़ात में आपने..."

ग़यास झेंप गया। मेरी बात काट कर उसने कहा, "छोड़िए मंटो साहब...आप हमारे बुज़ुर्ग हैं...चलिए अन्दर बैठें। यहाँ गर्मी है।"

हम अन्दर कमरे की तरफ़ चलने लगे तो स्टोर के बाहर जलील की मोटर रुकी। उसने ज़ोर-ज़ोर से हॉर्न बजाया। ग़यास न गया तो वह ख़ुद दौड़ा अन्दर आया। "ग़यास अन्दर आओ...बस स्टैंड के पास एक बड़ी ख़ूबसूरत लड़की खड़ी है..."

ग़यास उसके साथ चला गया। मैं मुस्कराने लगा।

इस दौरान में जलील ने बड़ी मुश्किलों से अपने आप बाप को राज़ी करके एक

क्रिश्चियन लड़की मुलाज़िम रख ली। उसको वह अपनी स्टेनो कहता था। कई बार मोटर में उसको अपने साथ लाया, लेकिन उसको मोटर ही में बिठाए रखा। ग़यास को इस बात का बहुत गुस्सा था। एक बार उस स्टेनो के सामने ग़यास ने जलील को मज़ाक़ किया तो वह बहुत सिटपिटाया, उसके कान की लबें सुर्ख़ हो गयीं। नज़रें झुका कर उसने गाड़ी स्टार्ट की और यह जा वह जा।

बक़ौल जलील के यह स्टेनो शुरू-शुरू मैं तो बड़ी रिज़र्व रही। लेकिन आख़िर उससे खुल ही गयी। "बस अब चन्द दिनों में ही मामला पटा समझो।"

ग़यास अब ज़्यादातर जलील से उस स्टेनो की बातें करता। जलील उससे उस लड़की के मुताल्लिक़ पूछता जिसने चिमट कर उसको चूम लिया था तो ग़यास अमूमन ये कहता, "कल उसका टेलीफ़ोन आया। पूछने लगी आऊँ...मैंने कहा यहाँ नहीं। तुम वक़्त निकालो तो मैं किसी और जगह का इन्तिज़ाम कर लूँगा।"

जलील उससे पूछता, "क्या कहा उसने?"

ग़यास जवाब देता, "तुम अपनी स्टेनो की सुनाओ।"

स्टेनो की बातें शुरू हो जातीं।

एक दिन में और ग़यास दोनों जलील के प्रेस गये। मुझे अपनी किताब के गर्द-ओ-पोश के डिज़ाइन के बारे में दरियाफ़्त करना था। दफ़्तर में स्टेनो एक कोने में बैठी थी लेकिन जलील नहीं था। स्टेनो से पूछा तो मालूम हुआ कि वह अभी-अभी बाहर निकला है। मैंने नौकर को भेजा कि उसको हमारी आमद की इत्तिला दे। थोड़ी ही देर के बाद जलील आ गया। चिक उठाकर उसने मुझे सलाम किया और ग़यास से कहा, "इधर आओ ग़यास।"

हम दोनों बाहर निकले। ग़यास को एक कोने में ले जा कर जलील ने उछल कर ग़यास से कहा, "मैदान मार लिया...अभी-अभी तुम्हारे आने से थोड़ी देर पहले," ये कह कर वह रुक गया और मुझसे मुख़ातिब हुआ, "माफ़ कीजिएगा मंटो साहब," फिर उसने ग़यास को ज़ोर से अपने साथ भींच लिया, "बस मैने आज उसको पकड़ लिया...बिलकुल उसी तरह...और उसी जगह...उस ट्रेडल के पास।"

ग़यास ने पूछा, "कैसे?"

जलील झुँझला गया, "अबे अपनी स्टेनो को...क़सम ख़ुदा की मज़ा आ गया...ये देखो।" उसने अपना रूमाल पतलून की जेब से निकाल कर हवा में लहराया...उस पर सुर्ख़ी के धब्बे थे।

एकदम मसूद की आवाज़ आयी, "बकवास है...महज़ ख़ुदफ़रेबी है।"

जलील और ग़यास चौंक उठे...मैं मुस्कराया। ट्रेडल के तने पर सुर्ख़ रोग़न की पतली-सी हमवार तह फैली हुई थी। एक जगह पोंछने के बायस कुछ ख़राशें पड़ गयी थीं।

नारा

उसे यों महसूस हुआ कि पत्थर की उस इमारत की सातों मंज़िलें उसके कन्धों पर धर दी गयी हैं।

वह सातवीं मंज़िल से एक-एक सीढ़ी करके उतरा और उन तमाम मंज़िलों का बोझ उसके चौड़े, लेकिन दुबले कन्धे पर सवार हो गया। जब वह मकान-मालिक से मिलने के लिए ऊपर चढ़ रहा था तो उसे ऐसा लगा था कि उसका बोझ कुछ हल्का हो गया है और कुछ हल्का हो जायेगा। इसलिए कि उसने अपने मन में सोचा था कि मकान-मालिक, जिसे सब 'सेठ' के नाम से पुकारते हैं, उसकी विपदा ज़रूर सुनेगा और किराया चुकाने के लिए उसे एक महीने की और मोहलत बख़्श देगा।

बख़्श देगा—यह सोचते हुए उसके अभिमान को सेठ लगी थी, लेकिन फौरन ही उसको असलियत भी मालूम हो गयी थी।...

वह भीख माँगने ही तो जा रहा था और भीख हाथ फैला कर, आँखों में आँसू भर कर, अपने दुख-दर्द सुना कर और अपने घाव दिखा कर ही माँगी जाती है।

उसने यही कुछ किया। जब वह उस इमारत के बड़े दरवाज़े में दाख़िल होने लगा तो उसने अपने ग़रूर को—उस चीज़ को, जो भीख माँगने में आम तौर पर रुकावट पैदा किया करती है, निकाल कर,. फुटपाथ पर डाल दिया था।

वह अपना दिया बुझा कर और अपने आप को अँधेरे में लपेट कर, मकान-मालिक के उस जगमगाते कमरे में दाख़िल हुआ, जहाँ 'सेठ' अपनी दो बिल्डिंगों का किराया वसूल करता था, और हाथ जोड़ कर एक तरफ़ खड़ा हो गया। से के तिलक लगे माथे पर कई सिलवटें पड़ गयीं। उसका बालों-भरा हाथ एक मोटी-सी कापी की ओर बढ़ा। दो बड़ी-बड़ी आँखों ने उस कापी पर कुछ अक्षर पढ़े और एक भद्दी-सी आवाज़ गूँजी—

'केशव लाल... पाँचवीं खोली, दूसरा माला... दो महीने का किराया... ले आये हो क्या?'

यह सुन कर उसने अपना दिल, जिसके सारे पुराने और नये घाव सीढ़ियाँ चढ़ते हुए, वह कुरेद-कुरेद कर हरे कर चुका था, सेठ को दिखाने चाहे। उसे पूरा

विश्वास था कि उसे देख कर उसके मन में ज़रूर हमदर्दी पैदा हो जायेगी। पर... से जी ने कुछ न सुनना चाहा और उसके सीने में एक हुल्लड़-सा मच गया।

सेठ के मन में सहानुभूति जगाने के लिए उसने अपने वे सारे दुख, जो बीत चुके थे, बीते दिनों की गहरी खायी से निकाल कर अपने मन में भर लिये थे और अर्सा पहले मिट चुके उन तमाम घावों की जलन, उसने बड़ी मुश्किल से इकट्ठी करके अपनी छाती में जमा की थी। अब उसकी समझ में नहीं आता था कि इतनी चीज़ों को कैसे सँभाले?

उसके घर में बिन-बुलाये मेहमान आ गये होते तो वह उनसे बड़े रुखेपन के साथ कह सकता था—जाओ भई, जाओ। मेरे पास इतनी जगह नहीं है कि तुम्हें बिठा सकूँ और न मेरे पास रुपया है कि तुम सब की ख़ातिर-तवाज़ो कर सकूँ । पर यहाँ तो मामला ही दूसरा था। उसने तो अपने भूले-भटके दुखों को इधर-उधर से पकड़ कर, ख़ुद ही अपने सीने में जमा किया था। अब भला वे बाहर निकल सकते थे?

हड़बड़ाहट में उसे कुछ पता न चला था कि उसकी छाती में कितनी चीज़ें भर गयी हैं। पर जैसे-जैसे उसने सोचना शुरू किया, वह पहचानने लगा कि अमुक दुख, अमुक समय का है और अमुक दर्द उसे अमुक वक़्त पर हुआ था। अब, जब यह सोच-विचार शुरू हुआ तो याद ने बढ़ कर वह धुन्ध हटा दी, जो इनमें लिपटी हुई थी और कल के तमाम दुख-दर्द, आज की तकलीफें बन गये और उसने अपनी ज़िन्दगी की बासी रोटियाँ फिर अंगारों पर सेंकनी शुरू कर दीं। उसने सोचा। थोड़े-से समय में बहुत कुछ सोचा। उसके घर का अन्धा लैम्प कई बार बिजली के उस बल्ब से टकराया, जो मकान-मालिक के गंजे सिर के ऊपर मुस्करा रहा था। कई बार उसके पैबन्द-लगे कपड़े उन खूँटियों पर, जो दीवार में गड़ी चमक रही थीं, लटक कर फिर उसके मैले बदन से चिमट गये। कई बार उसे अन्नदाता भगवान का ध्यान आया, जो बहुत दूर न जाने कहाँ बैठा, अपने बन्दों का ख़याल रखता है। पर अपने सामने सेठ को कुर्सी पर बैठा देख कर, जिसके क़लम की एक जुम्बिश कुछ-का-कुछ कर सकती थी, वह उस बारे में कुछ भी न सोच सका। कई बार उसे ख़याल आया और वह सोचने लगा कि उसे क्या ख़याल आया, पर वह उसके पीछे भाग-दौड़ न कर सका। वह बेहद घबरा गया था। उसने आज तक अपने सीने में इतनी खलबली पहले कभी महसूस नहीं की थी।

वह खलबली पर अभी ताज्जुब ही कर रहा था कि मकान-मालिक ने गुस्से में आ कर उसे गाली दी—गाली... यों समझिए कि कानों के रास्ते पिघला हुआ सीसा शाँय-शाँय करता, उसके दिल में उतर गया और उसके सीने के अन्दर जो हुल्लड़ मच गया, उसका तो कुछ ठिकाना ही नहीं था। जिस तरह किसी गरमा-गरम जलसे में किसी की शरारत से भगदड़ मच जाया करती है, ठीक उसी तरह, उसके मन में हलचल पैदा हो गयी। उसने बहुत जतन किये कि उसके वे दुर्ख-दर्द, जो

उसने सेठ को दिखाने के लिए इकट्ठे किये थे, चुपचाप रहें; पर कुछ न हो सका। सेठ के मुँह से गाली का निकलना था कि सबके-सब बेचैन हो गये और अन्धा-धुन्ध एक-दूसरे के साथ टकराने लगे। अब वह इस नयी तकलीफ़ को न सह सका और उसकी आँखों में, जो पहले ही से तप रही थीं, आँसू आ गये, जिससे उनकी गर्मी और भी बढ़ गयी और उनसे धुआँ निकलने लगा।

उसके मन में आयी कि उस गाली को, जिसे वह बड़ी हद तक निगल चुका था, सेठ के झुर्रियों-पड़े चेहरे पर कै की तरह उगल दे, पर वह इस ख़याल से बाज़ आ गया, क्योंकि उसका अभिमान तो बाहर फ़ुटपाथ पर पड़ा था। अपोलो बन्दर पर नमक-लगी मूँगफली बेचने वाले का अभिमान... उसकी आँखें हँस रही थीं और उनके आगे नमक-लगी मूँगफली के वे सारे दाने, जो उसके घर में एक थैले के अन्दर, बरखा की वजह से गीले हो रहे थे, नाचने लगे।

उसकी आँखें हँसी, उसका दिल भी हँसा। यह सब कुछ हुआ, पर वह कड़वाहट दूर न हुई, जो उसके गले में सेठ की गाली ने पैदा कर दी थी। वह कड़वाहट अगर सिर्फ़ ज़बान पर होती तो वह उसे थूक देता, पर वह तो बहुत बुरी तरह उसके गले में अटक गयी थी और निकाले न निकलती थी। फिर एक अजीब क़िस्म का दुख, जो उस गाली ने पैदा कर दिया था, उसकी घबराहट को और भी बढ़ा रहा था। उसे यूँ महसूस होता था कि उसकी आँखें, जो सेठ के सामने रोना बेकार समझती थीं, उसके सीने के अन्दर उतर कर आँसू बहा रही हैं, जहाँ हर चीज़ पहले ही से दुख में डूबी हुई थी।

सेठ ने उसे फिर गाली दी। उतनी ही मोटी, जितनी सेठ की चर्बी-भरी गर्दन थी। और उसे ऐसा लगा कि किसी ने ऊपर से उस पर कूड़ा-कर्कट फेंक दिया है। चुनांचे उसका एक हाथ अपने आप चेहरे की हिफ़ाज़त के लिए बढ़ा। पर उस गाली की सारी गर्द उस पर फैल चुकी थी।... अब उसने वहाँ हरना अच्छा न समझा, क्योंकि क्या पता था... उसे कुछ पता न था... वह सिर्फ़ इतना जानता था कि ऐसे हालात में किसी बात की सुध-बुध नहीं रहा करती।

वह जब नीचे उतरा तो उसे ऐसा महसूस हुआ कि पत्थर की उस इमारत की सातों मंज़िलें उसके कन्धों पर धर दी गयी हैं। एक नहीं, दो गालियाँ... बार-बार ये दो गालियाँ, जो सेठ ने बिलकुल पान की पीक की तरह अपने मुँह से उगल दी थीं, उसके कानों के पास ज़हरीली बर्रों की तरह भनभनाना शुरू कर देती थीं और वह सख़्त बेचैन हो जाता था। वह कैसे उस... उस... उसकी समझ में नहीं आता था कि इस गड़बड़ का नाम क्या रखे, जो उसके दिल और दिमाग़ में उन गालियों ने मचा रखी थी—वह कैसे उस ताप को दूर कर सकता था, जिसमें वह फुँका जा रहा था। कैसे?... पर वह सोच-विचार के काबिल भी तो नहीं रहा था। उसका दिमाग़ तो उस समय एक ऐसा अखाड़ा बना हुआ था, जिसमें बहुत-से पहलवान कुश्ती

लड़ रहे हों। जो भी विचार वहाँ पैदा होता, किसी दूसरे विचार से, जो पहले ही से वहाँ मौजूद होता भिड़ जाता और वह कुछ सोच न सकता।

चलते-चलते, जब एकाएक उसके दुख उलटी के रूप में बाहर निकलने को थे, उसके मन में आया। मन में क्या आया, मजबूरी की हालत में वह उस आदमी को रोक कर, जो लम्बे-लम्बे डग भरता उसके पास से गुज़र रहा था, यह कहने ही वाला था—'भैया, मैं बीमार हूँ।' पर जब उसने उस राह-चलते आदमी की शक्ल देखी तो बिजली का वह खम्भा, जो उसके पास ही ज़मीन में गड़ा था, उसे उस आदमी से कहीं ज्यादा रहम-दिल दिखायी दिया और जो कुछ वह अपने अन्दर से बाहर निकालने वाला था, एक-एक घूँट करके फिर निगल गया।

फ़ुटपाथ में चौकोर पत्थर एक तरतीब के साथ जड़े हुए थे। वह उन पत्थरों पर चल रहा था। आज तक कभी उसने उनकी सख़्ती महसूस न की थी, पर आज उनकी कठोरता उसके दिल तक पहुँच रही थी। फ़ुटपाथ का हर पत्थर, जिस पर उसके क़दम पड़ रहे थे, उसके दिल के साथ टकरा रहा था।... सेठ के मकान से निकल कर, अभी वह थोड़ी ही दूर गया होगा कि उसका जोड़-जोड़ ढीला हो गया।

चलते-चलते, उसकी टक्कर एक लड़के से हुई और उसे ऐसा लगा, मानो वह टूट गया है। इसलिए उसने झट उस आदमी की तरह, जिसकी झोली से बेर गिर रहे हों, इधर-उधर अपने हाथ फैलाये और अपने आपको इकट्ठा करके हौले-हौले चलना शुरू किया।

उसका दिमाग़ उसकी टाँगों के मुकाबिले में ज़्यादा तेज़ी के साथ चल रहा था। चुनांचे कभी-कभी चलते-चलते उसे यह महसूस होता था कि उसका निचला धड़ सारे-का-सारा बहुत पीछे रह गया है और दिमाग़ बहुत आगे निकल गया है। कई बार उसे इस ख़याल से हटना पड़ा कि दोनों चीज़ें एक-दूसरे के साथ-साथ हो जायें।

वह फ़ुटपाथ पर चल रहा था, जिसके उस तरफ़, सड़क पर, पों-पों करती मोटरों का ताँता बँधा हुआ था। घोड़े-गाड़ियाँ, ट्रामें, भारी-भरकम ट्रक, लॉरियाँ—ये सब सड़क की काली छाती पर दनदनाती हुई चल रही थीं। एक शोर मचा हुआ था, पर उसके कानों को कुछ सुनाई न देता था। वे तो पहले ही से शाँय-शाँय कर रहे थे, जैसे रेलगाड़ी का इंजन फालतू भाप बाहर निकाल रहा हो।

चलते-चलते, एक लँगड़े कुत्ते से उसकी टक्कर हुई। कुत्ते ने, इस ख़याल से कि शायद उसका घायल पैर कुचल दिया गया है, 'चाँव' किया और परे हट गया। वह समझा कि सेठ ने उसे फिर गाली दी है।...गाली...गाली ठीक इसी तरह उससे उलझ कर रह गयी थी, जैसे झड़बेरी के काँटों में कोई कपड़ा। वह अपने आपको छुड़ाने की जितनी कोशिश करता था, उतनी ही ज़्यादा उसकी आत्मा घायल होती जा रही थी।

उसे उस नमक-लगी मूँगफली का ख़याल नहीं था, जो उसके घर में बारिश की

वजह से गीली हो रही थी और न उसे रोटी-कपड़े का ख़याल था। उसकी उम्र तीस बरस के क़रीब थी और इन तीस बरसों में, जिनमें भगवान जाने कितने दिन होते हैं, वह कभी भूखा न सोया था, न कभी नंगा ही फिरा था। उसे सिर्फ़ इस बात का दुख था कि उसे हर महीने किराया देना पड़ता था। वह अपना और अपने बाल-बच्चों का पेट भरे, उस बकरे जैसी दाढ़ी वाले हकीम की दवाइयों के दाम दे, शाम को ताड़ी की एक बोतल के लिए दुअन्नी पैदा करे या उस गंजे सेठ के मकान के एक कमरे का किराया अदा करे! मकानों और किरायों की फ़िलासफ़ी उसकी समझ में सदा ऊँची रही। वह जब भी दस रुपये गिन कर सेठ या उसके मुनीम की हथेली पर रखता तो समझता था कि उससे यह रकम ज़बरदस्ती छीन ली गयी है और अब अगर वह पाँच बरस तक बराबर किराया देते रहने के बाद सिर्फ़ दो महीने का किराया चुकता न कर सका तो क्या सेठ को इस बात का हक़ हासिल हो गया कि वह उसे गाली दे? सबसे बड़ी बात तो यही थी, जो उसे खाये जा रही थी। उसे इन बीस रुपयों की परवाह नहीं थी, जो उसे आज नहीं तो कल चुका देने थे। वह उन दो गालियों के बारे में सोच रहा था, जो उन बीस रुपयों के बीच में से निकली थीं। न वह बीस रुपयों का कर्ज़दार होता और न सेठ के कुली-जैसे मुँह से यह गन्दगी बाहर निकलती।

मान लिया, वह धनवान था। उसके पास दो बिल्डिंगें थीं, जिनके एक सौ चौबीस कमरों का किराया उसको आता था। पर उन एक सौ चौबीस कमरों में जितने लोग रहते हैं, वे उसके गुलाम तो नहीं? और अगर गुलाम भी हैं तो वह उन्हें गाली कैसे दे सकता है?

ठीक है, उसे किराया चाहिए; पर मैं कहाँ से लाऊँ? पाँच बरस तक उसको देता ही रहा हूँ। जब होगा, दे दूँगा। पिछले बरस, बरसात का सारा पानी हम पर टपकता रहा, पर मैंने उसे कभी गाली न दी, हालाँकि मुझे उससे कहीं ज़्यादा भयानक गालियाँ याद हैं। मैंने सेठ जी से हज़ार बार कहा कि मेरी सीढ़ी का डण्डा टूट गया है, उसे बनवा दीजिए, पर मेरी एक न सुनी गयी। मेरी फूल-सी बच्ची गिरी। उसका दाहिना हाथ हमेशा के लिए बेकार हो गया। मैं गालियों की जगह, उसे कोस सकता था, पर मुझे इसका ध्यान ही नहीं आया।...और दो महीने का किराया न चुकाने पर मैं गालियों के काबिल हो गया। उसको यह ध्यान तक न आया कि उसके बच्चे अपोलो बन्दर पर मेरे थैले से मुट्ठियाँ भर-भर के मूँगफली खाते हैं।

इसमें कोई शक नहीं कि उसके पास इतनी दौलत नहीं थी, जितनी कि दो बिल्डिंगों वाले उस सेठ के पास थी और ऐसे लोग भी होंगे, जिनके पास उससे भी ज़्यादा दौलत होगी। पर वह ग़रीब कैसे हो गया?...उसे ग़रीब समझ कर ही तो गाली दी गयी थी। नहीं तो उस गंजे सेठ की क्या मजाल थी कि कुर्सी पर बड़े

इत्मीनान से बैठ कर उसे दो गालियाँ सुना देता। जैसे किसी के पास दौलत का न होना बहुत बुरी बात है। अब यह उसका कसूर नहीं था कि उसके पास दौलत की कमी थी। सच पूछिए तो उसने कभी धन-दौलत के सपने देखे ही न थे। वह अपने हाल में मस्त था। उसकी ज़िन्दगी बड़े मज़े में गुज़र रही थी। पर पिछले महीने एकाएक उसकी बीवी बीमार पड़ गयी और उसकी दवा-दारू पर वे तमाम रुपये ख़र्च हो गये, जो किराये में जाने वाले थे। अगर वह ख़ुद बीमार होता तो सम्भव था कि वह दवाओं पर रुपया ख़र्च न करता। लेकिन यहाँ तो उसके होने वाले बच्चे की बात थी, जो अपनी माँ के पेट ही में था। उसको सन्तान बहुत प्यारी थी—जो पैदा हो चुकी थी और जो पैदा होने वाली थी—सब-की-सब उसे प्यारी थी। वह कैसे अपनी बीवी का इलाज न कराता? क्या वह उस बच्चे का बाप न था?—बापकान पता—यह तो सिर्फ़ दो महीने के किराये की बात थी। अगर उसे अपने बच्चे के लिए चोरी भी करनी पड़ती तो वह कभी न चूकता...

चोरी! नहीं-नहीं, वह चोरी कभी न करता—यों समझिए कि वह अपने बच्चे के लिए बड़े-से-बड़ा बलिदान करने के लिए तैयार था, पर वह चोर कभी न बनता—वह अपनी छिनी हुई चीज़ वापस लेने के लिए लड़ने-मरने को तैयार था, पर वह चोरी नहीं कर सकता था।

अगर वह चाहता तो उस समय, जब सेठ ने उसे गाली दी थी, आगे बढ़ कर उसका टेंटुआ दबा देता और उस तिज़ोरी में से वे तमाम नीले और हरे नोट निकाल कर भाग जाता, जिनको वह आज तक लाजवन्ती के पत्ते समझा करता था...नहीं नहीं, वह ऐसा कभी न करता। लेकिन फिर उस सेठ ने उसे गाली क्यों दी?... पिछले बरस, चौपाटी पर एक गाहक ने उसे गाली दी थी, इसलिए कि दो पैसे की मूँगफली में चार दाने कड़वे चले गये थे और उसके जवाब में उसने उसकी गर्दन पर ऐसी धौल जमायी थी कि दूर बेंच पर बैठे आदमियों ने भी उसकी आवाज़ सुन ली थी। पर सेठ ने उसे दो गालियाँ दीं और वह चुप रहा। ख़ामोश सुनता रहा। केशव लाल, खारी सींग वाला, जिसके बारे में मशहूर था कि वह नाक पर मक्खी भी नहीं बैठने देता।...सेठ ने एक गाली दी और वह कुछ न बोला...दूसरी गाली दी, तब भी वह चुप रहा, जैसे वह मिट्टी का पुतला है...पर वह मिट्टी का पुतला कैसे हुआ? उसने उन दो गालियों को सेठ के थूक-भरे मुँह से निकलते देखा, जैसे बड़े-बड़े चूहे मोरियों से बाहर निकलते हैं। वह जान-बूझ कर चुप रहा, इसलिए कि वह अपना घमण्ड नीचे छोड़ आया था।...पर उसने अपना घमण्ड अपने से क्यों अलग किया—सेठ से गालियाँ खाने के लिए?

यह सोचते हुए उसे एकाएक ख़याल आया कि शायद सेठ ने उसे नहीं, किसी और को गालियाँ दी थीं... नहीं-नहीं, गालियाँ उसे ही दी गयी थीं। इसलिए कि दो महीने का किराया उसी की तरफ़ निकलता था। अगर उसे गालियाँ न दी गयी

होतीं तो इस सोच-विचार की ज़रूरत ही क्या थी? और यह जो उसके सीने में हुल्लड़-सा मच रहा था, क्या बेवजह उसे दुख दे रहा था? उसी को वे गालियाँ दी गयी थीं। जब उसके सामने एक मोटर ने अपने माथे की बत्तियाँ रोशन कीं तो उसे ऐसा लगा कि वे दो गालियाँ पिघल कर, उसकी आँखों में धँस गयी हैं।... गालियाँ...गालियाँ...वह झुँझला गया।... वह जितनी कोशिश करता था कि उन गालियों के बारे में न सोचे, उतनी ही शिद्दत से उसे उनके बारे में सोचना पड़ता था और यह मजबूरी उसे बहुत चिड़चिड़ा बना रही थी, चुनांचे उस चिड़चिड़ेपन में उसने ख़्वाह-ख़्वाह दो-तीन आदमियों को, जो उसके पास से गुज़र रहे थे, मन-ही-मन गालियाँ दीं—'यों अकड़ के चल रहे हैं, जैसे इनके बाबा का राज है।'

अगर उसका राज होता तो वह उस सेठ को मज़ा चखा देता, जो उसे—दो गालियाँ सुना कर अपने घर में यों आराम से बैठा था, जैसे उसने अपनी गद्देदार कुर्सी में से दो खटमल निकाल कर बाहर फेंक दिये हैं। सचमुच अगर उसका अपना राज होता तो वह चौक में बहुत-से लोगों को इकट्ठा करके सेठ को बीच में खड़ा कर देता। और उसकी गंजी चँदिया पर इस ज़ोर से धप्पा मारता कि से बिलबिला उठता। फिर वह सब लोगों से कहता कि हँसो, जी भर के हँसो और ख़ुद इतना हँसता कि हँसते-हँसते उसका पेट दुखने लगता।...पर उस समय उसे बिलकुल हँसी नहीं आ रही थी।...क्यों?...अपना राज न होने पर भी तो वह सेठ के गंजे सिर पर धप्पा मार सकता था। उसे किस बात की रुकावट थी?...रुकावट थी...रुकावट थी—तभी तो वह गालियाँ सुन कर चुप हो रहा।

उसके क़दम रुक गये। उसका दिमाग़ भी एक-दो पल के लिए सुस्ताया और उसने सोचा कि चलो, अभी इस झंझट का फ़ैसला ही कर दूँ।...भागा हुआ जाऊँ और एक ही झटके में से की गर्दन मरोड़ कर उस तिज़ोरी पर रख दूँ, जिसका ढकना मगरमच्छ के मुँह की तरह खुलता है।...लेकिन वह खम्भे की तरह ज़मीन में क्यों गड़ गया था? सेठ के घर की तरफ़ पलटा क्यों नहीं था?...क्या उसमें साहस न था?

उसमें साहस न था।...कितने दुख की बात है कि उसकी सारी ताक़त ठण्डी पड़ गयी थी। ये गालियाँ...वह उन गालियों को क्या कहता?...उन गालियों ने उसकी चौड़ी छाती पर रोलर-सा फेर दिया था...सिर्फ़ दो गालियों ने...हालाँकि पिछले हिन्दू-मुस्लिम दंगे में एक हिन्दू ने उसे मुसलमान समझ कर लाठियों से बहुत पीटा था और अधमुआ कर दिया था, लेकिन उसे इतनी कमज़ोरी महसूस न हुई थी।...केशव लाल, खारी सींग वाला, जो अपने दोस्तों को बड़े गर्व के साथ कहा करता था कि वह कभी बीमार नहीं पड़ा, आज यों चल रहा था, जैसे बरसों का रोगी हो।...और यह रोग किसने पैदा किया था?...दो गालियों ने।

गालियाँ...गालियाँ...कहाँ थीं वे दो गालियाँ? उसके मन में आया कि अपने

सीने के अन्दर हाथ डाल कर, वह उन दो पत्थरों को, जो किसी तरह गलते ही न थे, बाहर निकाल ले और जो कोई भी उसके सामने आये, उसके सिर पर दे मारे; पर यह कैसे हो सकता था।...उसका सीना मुरब्बे का मर्तबान थोड़े ही था।

ठीक है, लेकिन फिर कोई और तरकीब भी तो समझ में आये, जिससे ये गालियाँ दफ़ा हो जायें। क्यों...क्यों नहीं कोई आदमी बढ़ कर उसे इस दुख से छुट्टी दिलाने की कोशिश करता? क्या वह हमदर्दी के काबिल न था?...होगा, पर किसी को उसके दिल के हाल का क्या पता था? वह खुली किताब थोड़े ही था और न उसने अपना दिल बाहर लटका रखा था। अन्दर की बात किसी को क्या मालूम?

न मालूम हो!...भगवान करे किसी को मालूम न हो।...अगर किसी को अन्दर की बात का पता चल गया तो केशव लाल, खारी सींग वाले के लिए डूब मरने की बात थी।...गालियाँ सुन कर चुप रहना, मामूली बात थी क्या?

मामूली बात नहीं, बहुत बड़ी बात है...हिमालय पहाड़ जितनी बड़ी बात है। उससे भी बड़ी बात है। उसका घमण्ड मिट्टी में मिल गया है, उसकी ज़िल्लत हुई है, उसकी नाक कट गयी है...उसका सब कुछ लुट गया है। चलो भई, छुट्टी हुई। अब तो ये गालियाँ उसका पीछा छोड़ दें।...वह कमीना था, ज़लील था, नीच था, गन्दगी साफ़ करने वाला भंगी था, कुत्ता था...उसको गालियाँ मिलनी ही चाहिए थीं।

नहीं, नहीं, किसी की क्या मजाल थी कि उसे गालियाँ दे और फिर बिना किसी कसूर के! वह उसे कच्चा न चबा जाता...यार हटाओ, ये सब कहने की बातें हैं।...तुमने तो से से यूँ गालियाँ सुनीं, जैसे मीी-मीी बोलियाँ थीं।

मीठी-मीठी बोलियाँ थीं, बड़े मज़ेदार घूँट थे—चलो, यही सही!...अब तो मेरा पीछा छोड़ दो; वरना सच कहता हूँ, पागल हो जाऊँगा।...ये लोग, जो बड़े आराम से इधर-उधर चल-फिर रहे हैं, मैं इनमें से हर एक का सिर फोड़ दूँगा। भगवान की क़सम, मुझमें अब ज्यादा ताव नहीं रहा। मैं ज़रूर पागल कुत्ते की तरह सब को काटना शुरू कर दूँगा। लोग मुझे पागलख़ाने में बन्द कर देंगे और मैं दीवारों के साथ अपना सिर टकरा कर मर जाऊँगा...मर जाऊँगा, सच कहता हूँ, मर जाऊँगा और मेरी राधा, विधवा और मेरे बच्चे अनाथ हो जायेंगे। यह सब कुछ इसलिए होगा कि मैंने सेठ से दो गालियाँ सुनीं और चुप रहा। जैसे मेरे मुँह पर ताला लगा हुआ था। मैं लूला, लँगड़ा, अपंग था।...भगवान करे, मरी टाँगें उस मोटर के नीचे आ कर टूट जायें, मेरे हाथ कट जायें...मैं मर जाऊँ, ताकि यह बक-बक तो ख़त्म हो...छिह...कोई ठिकाना है इस दुख का...कपड़े फाड़ कर नंगा नाचना शुरू कर दूँ ...उस ट्राम के नीचे सिर दे दूँ, ज़ोर-ज़ोर से बिल्लाना शुरू कर दूँ...क्या करूँ?

यह सोचते हुए, उसे एकाएक ख़याल आया कि बाज़ार के बीच खड़ा हो जाये और सारे ट्रैफ़िक को रोक कर, जो उसके मुँह में आये, बकता चला जाये, यहाँ तक

कि उसका सीना सारे-का-सारा ख़ाली हो जाये, या फिर उसके मन में आयी कि खड़े-खड़े यहीं से चिल्लाना शुरू कर दे–'मुझे बचाओ...मुझे बचाओ!'

इतने में एक आग बुझाने वाला इंजन सड़क पर 'टन-टन' करता आया और उधर, उस मोड़ में गुम हो गया। उसे देख कर वह ऊँची आवाज़ में कहने ही वाला था–'हरो!...मेरी आग बुझाते जाओ!' पर न जाने क्यों रुक गया।

सहसा उसने अपने क़दम तेज़ कर दिये। उसे ऐसा महसूस हुआ था कि उसकी साँस रुकने लगी है और अगर तेज़ न चलेगा तो बहुत मुमकिन है कि वह फट जाय। लेकिन जैसे ही उसकी रफ़्तार बढ़ी, उसका दिमाग़ आग का एक चक्कर-सा बन गया। उस चक्कर में उसके सारे पुराने और नये ख़याल एक हार की तरह गुँथ गये। दो महीने का किराया, पत्थर की बिल्डिंग में उसका दरख़्वास्त ले कर जाना... सात मंज़िलों की एक सौ बारह सीढ़ियाँ, से की भद्दी आवाज़, उसके गंजे सिर पर मुस्कराता हुआ बिजली का लैम्प और...यह मोटी गाली...फिर दूसरी...और उसकी ख़ामोशी...यहाँ पहुँच कर आग के उस चक्कर में से तड़-तड़ गोलियाँ-सी निकलना शुरू हो जातीं और उसे ऐसा महसूस होता कि उसका सीना छलनी हो गया है।

उसने अपने क़दम और तेज़ किये और आग का यह चक्कर इतनी तेज़ी से घूमना शुरू हुआ कि शोलों की एक बहुत बड़ी गेंद-सी बन गयी, जो उसके आगे-आगे ज़मीन पर उछलने-कूदने लगी। वह अब दौड़ने लगा। लेकिन फ़ौरन ही ख़यालों की भीड़-भाड़ में एक नया ख़याल ऊँची आवाज़ में चिल्लाया–'तुम क्यों भाग रहे हो? किससे भाग रहे हो? तुम कायर हो!' उसके क़दम धीरे-धीरे उने लगे, फिर ब्रेक-सी लग गयी और वह हौले-हौले चलने लगा।...वह सचमुच कायर था...भाग क्यों रहा था...उसे तो बदला लेना था...ब...द...ला...यह सोचते हुए उसे अपनी जीभ पर ख़ून का नमकीन स्वाद महसूस हुआ और उसके बदन में एक झुरझुरी-सी पैदा हुई। ख़ून...ख़ून...उसे आसमान-ज़मीन–सब ख़ून में ही रँगे हुए नज़र आने लगे।...ख़ून...उस समय उसमें इतनी ताक़त थी कि पत्थर की रगों में से भी ख़ून निचोड़ सकता था।

उसकी आँखों में लाल डोरे उभर आये। मुट्ठियाँ भिंच गयीं और क़दमों में मज़बूती आ गयी।...अब वह बदला लेने पर तुल गया था।

वह बढ़ा।

आने-जाने वाले लोगों में से तीर की तरह अपना रास्ता बनाता, आगे बढ़ता रहा–आगे... और आगे!

जिस तरह तेज़ चलने वाली रेलगाड़ी, छोटे-छोटे स्टेशनों को छोड़ जाया करती है, उसी तरह वह बिजली के खम्भों, दुकानों और लम्बे-लम्बे बाज़ारों को अपने पीछे छोड़ता, आगे बढ़ रहा था। आगे...आगे...बहुत आगे।

रास्ते में एक सिनेमा की रंगीन बिल्डिंग आयी। उसने उसकी तरफ़ आँख उठा कर भी न देखा और उसके पास से बेपरवाह, हवा की तरह बढ़ गया।

वह बढ़ता गया।

भीतर-ही-भीतर उसने अपने हर ज़र्रे को एक बम बना लिया था, ताकि वक़्त पर काम आये।

कई बाज़ारों से, ज़हरीले साँप की तरह फुंकारता हुआ वह अपोलो बन्दर पहुँचा।...अपोलो बन्दर...गेटवे ऑफ इण्डिया के सामने, अनगिनत मोटरें कतार-दर-कतार खड़ी थीं। उनको देख कर उसने यह समझा कि बहुत-से गिद्ध पंख जोड़ कर, किसी लाश के इर्द-गिर्द बैठे हैं। जब उसने ख़ामोश समन्दर की तरफ़ देखा तो उसे वह एक लम्बी-चौड़ी लाश मालूम हुई।...उस समुद्र के इस तरफ़ एक कोने में लाल-लाल रोशनी की लकीरें हौले-हौले बल खा रही थीं। यह एक आलीशान होटल के माथे पर, बिजली की ट्यूबों में लिखा हुआ नाम था, जिसकी लाल रोशनी समुद्र के पानी में गुदगुदी पैदा कर रही थी।

केशव लाल, खारी सींग वाला, उस आलीशान होटल के नीचे खड़ा हो गया।... उस बिजली के बोर्ड के ठीक नीचे क़दम गाड़ कर उसने ऊपर देखा।...पत्थर की इमारत की तरफ़, जिसके रोशन कमरे चमक रहे थे और...उसके गले से एक नारा ...कानों के पर्दे फाड़ देने वाला नारा, पिघले हुए गर्म-गर्म लावे की तरह निकला—'हत तेरी... ।'

जितने कबूतर होटल की मुंडेरों पर ऊँघ रहे थे, बेतरह डर गये और पंख फड़फड़ाने लगे।

नारा लगा कर, जब उसने अपने क़दम ज़मीन से बड़ी मुश्किल के साथ अलग किये और वापस मुड़ा तो उसे इस बात का पूरा विश्वास था कि होटल की इमारत अर-अरा के नीचे गिर गयी है। और यह नारा सुन कर एक आदमी ने अपनी पत्नी से, जो यह नारा सुन कर डर गयी थी, कहा—'पागल है!'

फ़ोमा बाई

हैदराबाद से शहाब आया तो उसने बॉम्बे सेण्ट्रल स्टेशन के प्लेटफ़ॉर्म पर पहला क़दम रखते ही हनीफ़ से कहा, "देखो भाई, आज शाम को वह मामला ज़रूर होगा वरना याद रखो मैं वापस चला जाऊँगा।"

हनीफ़ को मालूम था कि "वह मामला" क्या है। चुनांचे शाम को उसने टैक्सी ली। 'शहाब' को साथ लिया। ग्रांट रोड के नाके पर एक दलाल को बुलाया और उससे कहा, "मेरे दोस्त हैदराबाद से आये हैं। उनके लिए एक अच्छी छोकरी चाहिए।"

दलाल ने अपने कान से अड़सी हुई बीड़ी निकाली और उसको होंटों में दबा कर कहा, "दक्कनी चलेगी?"

हनीफ़ ने शहाब की तरफ़ सवालिया नज़रों से देखा। शहाब ने कहा "नहीं भाई...मुझे कोई मुसलमान चाहिए।"

"मुसलमान?" दलाल ने बीड़ी को चूसा "चलिए" और ये कह कर वह टैक्सी की अगली नशिस्त पर बैठ गया। ड्राइवर से उसने कुछ कहा, टैक्सी स्टार्ट हुई और मुख़्तलिफ़ बाज़ारों से होती हुई फ़ोर्जेट स्ट्रीट की साथ वाली गली में दाख़िल हुई। यह गली एक पहाड़ी पर थी। बहुत ऊँचान थी। ड्राइवर ने गाड़ी का फ़र्स्ट गेयर में डाला। हनीफ़ को ऐसा महसूस हुआ कि रास्ते में टैक्सी रुक कर वापस चलना शुरू कर देगी। मगर ऐसा न हुआ। दलाल ने ड्राइवर को ऊँचान के ऐन आख़री सिरे पर जहाँ चौक सा बना था रुकने के लिए कहा।

हनीफ़ कभी उस तरफ़ नहीं आया था। ऊँची पहाड़ी थी जिसके दाएँ तरफ़ एकदम ढलान थी। जिस बिल्डिंग में दलाल दाख़िल हुआ उसकी सिर्फ़ दो मंज़िलें थीं। हालाँकि दूसरी तरफ़ की बिल्डिंगें सब-की-सब चार मंज़िला थीं। हनीफ़ को बाद में मालूम हुआ कि ढलान के बायस उस बिल्डिंग की तीन मंज़िलें नीचे थीं जहाँ लिफ़्ट जाती थी।

शहाब और हनीफ़ दोनों ख़ामोश बैठे रहे। उन्होंने कोई बात न की। रास्ते में दलाल ने उस लड़की की बहुत तारीफ़ की थी जिसको लाने वह उस बिल्डिंग में गया था। उसने कहा था, "बड़े अच्छे ख़ानदान की लड़की है। स्पेशल तौर पर आपके लिए

निकाल रहा हूँ।"

दोनों सोच रहे थे यह लड़की कैसी होगी जो स्पेशल तौर पर निकाली जा रही है।

थोड़ी देर के बाद दलाल नमूदार हुआ। वह अकेला था। ड्राइवर से उसने कहा, "गाड़ी वापस करो" ये कह कर वह अगली सीट पर बैठ गया। गाड़ी एक चक्कर ले कर मुड़ी। तीन-चार बिल्डिंगें छोड़ कर दलाल ने ड्राइवर से कहा "रोक लो" फिर हनीफ़ से मुख़ातिब हुआ, "आ रही है...पूछ रही थी कैसे आदमी हैं", मैंने कहा, "नम्बरून।"

दस-पन्द्रह मिनट के बाद एकदम टैक्सी का दरवाज़ा खुला। और एक औरत हनीफ़ के साथ बैठ गयी। रात का वक़्त था। गली में रोशनी कम थी। इसलिए शहाब और हनीफ़ दोनों उसको अच्छी तरह न देख सके। सीट पर बैठते ही उसने कहा "चलो।"

टैक्सी तेज़ी से नीचे उतरने लगी।

हनीफ़ के पास कोई ऐसी जगह न थी जहाँ कोई मामला हो सके, चुनांचे जैसा तय पाया था। वह डॉक्टर ख़ान साहब के यहाँ चले गये। वह मिलेट्री हॉस्पिटल में मुतय्यन था और उसको वहीं दो कमरे मिले हुए थे। शहाब ने बम्बई आते ही उसको फ़ोन कर दिया था कि वह हनीफ़ के साथ रात को उसके पास आयेगा और मामला साथ होगा, चुनांचे टैक्सी मिलेट्री अस्पताल में पहुँची। दलाल सौ रुपया ले कर ग्रांट रोड पर उतर गया।

रास्ते में भी शहाब और हनीफ़ उस औरत को अच्छी तरह न देख सके। कोई ख़ास बातें भी न हुईं। शहाब ने जब उससे अपने ठेट हैदराबादी लहज़े में पूछा "आपका इस्म-ए-ग्रामी" तो उस औरत ने कहा, "फ़ोमा बाई।"

"फ़ोमा बाई?" हनीफ़ सोचता रह गया कि यह कैसा नाम है।

डॉक्टर ख़ान उनका इन्तज़ार कर रहा था। सबसे पहले शहाब कमरे में दाख़िल हुआ। दोनों गले मिले और ख़ूब एक-दूसरे को गालियाँ दीं।

डॉक्टर खान ने जब एक जवान औरत को दरवाज़े में देखा तो एकदम ख़ामोश हो गया। "आइए-आइए" उसने अपने सीने पर हाथ रखा। "डॉक्टर ख़ान...आप?"

उसने शहाब की तरफ़ देखा।

शहाब ने उस औरत की तरफ़ देखा। औरत ने कहा, "फ़ोमा बाई।"

डॉक्टर ख़ान ने बढ़ कर उससे हाथ मिलाया, "आपसे मिलकर बहुत खुशी हुई।"

फ़ोमा बाई मुस्कराई "मुझे भी खुशी हुई।"

शहाब और हनीफ़ ने एक-दूसरे की तरफ़ देखा, डॉक्टर ख़ान ने दरवाज़ा बन्द कर दिया और अपने दोस्तों से कहा "आप दूसरे कमरे में चले जाइए...मुझे कुछ काम करना है।"

शहाब ने जब फ़ोमा बाई से कहा "चलिए" तो उसने डॉक्टर ख़ान का हाथ पकड़ लिया, "नहीं आप भी तशरीफ़ लाइए।"

"आप तशरीफ़ ले चलिए मैं आता हूँ" ये कह कर डॉक्टर ख़ान ने अपना हाथ छुड़ा लिया।

शहाब और हनीफ़ फ़ोमा बाई को अन्दर ले गये। थोड़ी देर गुफ़्तगू हुई तो उनको मालूम हुआ कि उसकी ज़बान मोटी थी। वह श और स अदा नहीं कर सकती थी। इसके बदले उसके मुँह से फ़ निकलता था। उसका नाम इस लिहाज़ से शोभा बाई था। लेकिन कुछ देर और बातें करने के बाद उनको पता चला कि शोभा उसका असली नाम नहीं था। वह मुसलमान थी। जयपुर उसका असली वतन था जहाँ से वह चार साल हुए भाग कर बम्बई चली आयी थी। इससे ज़्यादा उसने अपने हालात न बताए।

मामूली शक्ल-ओ-सूरत थी। आँखें बड़ी नहीं थीं। नाक भी ख़ुश वज़अ थी। बालाई होंट के ऐन दरमियान एक छोटे से ज़ख़्म का निशान था। जब वह बात करती तो यह निशान थोड़ा सा फैल जाता। गले में उसने जड़ाऊ नेकलेस पहना हुआ था। दोनों हाथों में सोने की चूड़ियाँ थीं।

बहुत ही बातूनी औरत थी। बैठते ही उसने इधर-उधर की बातें शुरू कर दीं। हनीफ़ और शहाब सिर्फ़ हूँ-हाँ करते रहे। फिर उसने उनके बारे में पूछना शुरू किया कि वह क्या करते हैं, कहाँ रहते हैं, क्या उम्र है। फ़ादी फुदा हैं या ग़ैर फ़ादी फुदा। हनीफ़ इतना दुबला क्यों है। फ़हाब ने दो मसनूई दाँत क्यों लगवाए हैं। गोफ़्त ख़ोरा था तो उसका इलाज डॉ. ख़ान से क्यों न कराया। फ़रमाता क्यों है। फे'र क्यों नहीं गाता।

शहाब ने उसे कुछ शे'र सुनाए। शोभा ने बड़े ज़ोरों की दाद दी। जब शहाब ने यह शेर सुनाया...

"खेतों को दे लो पानी अब बह रही है गंगा
कुछ कर लो नौजवानो उठती जवानियाँ हैं"

तो शोभा उछल पड़ी। "वाह जनाब साहब वाह...बहुत अच्छा फ़े'र हैं...उठती जवानियाँ हैं। वाह-वा!"

इसके बाद शोभा ने बेशुमार शेर सुनाए, बिलकुल बेजोड़, बेतुके। जिनका सिर था न पैर। शेर सुना कर उसने शहाब से कहा, "फ़हाब साहब...मज़ा आया आपको।"

शहाब ने जवाब दिया "बहुत।"

शोभा ने शरमा कर कहा "ये फ़े'र मेरे थे...मुझे फ़ायरी का बहुत फ़ौक़ है।"

शहाब और हनीफ़ दोनों ने एक-दूसरे की तरफ़ देखा और मुस्करा दिये...इसके बाद सिर्फ़ एक सही शेर शोभा ने सुनाया—

“कभी तो मेरे दर्द-ए-दिल की ख़बर ले
मेरे दर्द से आफ़ना होने वाले”।

ये शेर हनीफ़ कई बार सुन चुका था और शायद पढ़ भी चुका था। मगर शोभा ने कहा, “हनीफ़ साहब ये फ़ेर भी मेरा है।”

हनीफ़ ने ख़ूब दाद दी “माफ़ा अल्लाह आप तो कमाल करती हैं।”

शोभा चौंकी। माफ़ कीजिएगा, मेरी ज़बान में तो कुछ ख़राबी है लेकिन आपने क्यों माफ़ा अल्लाह के बदले माफ़ा अल्लाह कहा।

हनीफ़ और शहाब दोनों बेइख़्तियार हँस पड़े। शोभा भी हँसने लगी। इतने में डॉक्टर ख़ान आ गया। उसने अन्दर दाख़िल होते ही शोभा से कहा, “क्यों जनाब इतनी हँसी किस बात पर आ रही है?”

ज़्यादा हँसने के बायस शोभा की आँखों में आँसू आ गये थे। उसने रूमाल से उनको पोंछा और डॉक्टर ख़ान से कहा, “एक बात ऐसी हुई कि हम सब हफ़ पड़े।”

डॉक्टर ख़ान ने भी हँसना शुरू कर दिया।

शोभा ने उससे कहा, “आइए बैठिए” चारपाई के एक तरफ़ सरक कर उसने डॉक्टर ख़ान का हाथ पकड़ा और उसे अपने पास बिठा लिया।

फिर शेर-ओ-शायरी हो गयी। शोभा ने लम्बी-लम्बी चार बेतुकी ग़ज़लें सुनाईं। सबने दाद दी। शहाब उकता गया...वह मामला चाहता था। हनीफ़ उसके बदले हुए तेवर देख कर भाँप गया। चुनांचे उसने शहाब से कहा, “अच्छा भई मैं रुख़सत चाहता हूँ। इन्शा अल्लाह कल सुबह मुलाक़ात होगी।”

वह ये कह कर कुर्सी पर से उठा मगर शोभा ने उसका हाथ पकड़ लिया, “नहीं, आप नहीं जा सकते।”

हनीफ़ ने जवाब दिया, “मैं माज़रत चाहता हूँ। बीवी मेरा इन्तेज़ार कर रही होगी।”

“ओह! ...लेकिन नहीं। आप थोड़ी देर और ज़रूर बैठें। अभी तो सिर्फ़ ग्यारह बजे हैं” शोभा ने इसरार किया।

शहाब ने एक जम्हाई ली, “बहुत वक़्त हो गया है।”

शोभा ने मुस्करा कर शहाब की तरफ़ देखा, “मैं फ़ारी रात आपके पाफ़ हूँ।”

शहाब का तक़द्दुर दूर हो गया।

हनीफ़ थोड़ी देर बैठा, फिर रुख़सत ली और चला गया...दूसरे रोज़ सुबह नौ बजे क़रीब शहाब आया और रात की बात सुनाने लगा, “अजीब-ओ-ग़रीब औरत थी यह फ़ोमा बाई...पेट पर बालिश्त भर आपरेशन का निशान था...कहती थी कि वह एक लकड़ी वाले सेठ की दासता थी। उसने एक फ़िल्म कम्पनी खोल दी थी। उसके चेकों पर दस्तख़्त शोभा ही के होते थे। मोटर थी जो अब तक मौजूद है। नौकर-चाकर थे। लकड़ी वाला सेठ उससे बेहद मुहब्बत करता था। उसके पेट का

आपरेशन हुआ तो उसने एक हज़ार रुपया यतीमख़ाने को दिया।"

हनीफ़ ने पूछा, "यह लकड़ी वाला सेठ अब कहाँ है?"

शहाब ने जवाब दिया, "दूसरी दुनिया में टाल खोले बैठा है" ...औरत ख़ूब थी यह फ़ोमा बाई...मैं दूसरे कमरे में सो गया। तो वह डॉक्टर ख़ान के साथ लेट गयी। सुबह पाँच बजे ख़ान ने उससे कहा कि अब जाओ। शोभा ने कहा, "अच्छा, मैं जाती हूँ, लेकिन ये मेरे ज़ेवर तुम अपने पास रख लो। मैं अकेली इनके साथ बाहर नहीं निकलती।"

हनीफ़ ने पूछा, "डॉक्टर ने ज़ेवर रख लिये?"

शहाब ने सिर हिलाया, "हाँ...पहले तो उसका ख़याल था कि नकली हैं। मगर दिन की रोशनी में जब उसने देखा तो असली थे।"

"और वह चली गयी।"

"हाँ चली गयी...ये कह कर वह किसी रोज़ आकर अपने ज़ेवर वापस ले जायेगी।"

"ये तुमने बड़े अचम्भे की बात सुनाई।"

"ख़ुदा की क़सम हक़ीक़त है" शहाब ने सिगरेट सुलगाया, "इसीलिए तो मैंने कहा यह फ़ोमा बाई अजीब-ओ-ग़रीब औरत है।"

हनीफ़ ने पूछा, "वैसे कैसी औरत थी?"

शहाब झेंप सा गया, "भई मुझे ऐसे मामलों का कुछ पता नहीं...ये तुम ख़ान से पूछना। वह एक्सपर्ट है।"

शाम को दोनों ख़ान से मिले। ज़ेवर उसके पास महफ़ूज़ थे। शोभा लेने नहीं आयी थी। ख़ान ने बताया, "मेरा ख़याल है शोभा, किसी दिमाग़ी सदमे का शिकार है।"

शहाब ने पूछा, "तुम्हारा मतलब है पागल है?"

ख़ान ने कहा, "नहीं...पागल नहीं है, लेकिन उसका दिमाग़ यक़ीनन नॉर्मल नहीं। बेहद मुख़लिस औरत है। एक लड़का है उसका जयपुर में। उसको बराबर दो सौ रुपये माहवार भेजती है। हर तीसरे महीने उससे मिलने जाती है। जयपुर पहुँचते ही बुर्क़ा ओढ़ लेती है, वहाँ उसे पर्दा करना पड़ता है।"

हनीफ़ ने कहा, "ये तुमने कैसे समझा कि उसका दिमाग़ नॉर्मल नहीं?"

ख़ान ने जवाब दिया, "भई मेरा ख़याल है...नॉर्मल औरत होती तो अपने डेढ़-दो हज़ार के ज़ेवर एक अजनबी के पास क्यों छोड़ जाती...इसके अलावा मार्फ़िया के इजेक्शन लेने की आदत है।"

शहाब ने पूछा, "नशा होता है एक क़िस्म का?"

ख़ान ने जवाब दिया, "बहुत ही ख़तरनाक किस्म का...शराब से भी बदतर।"

"इसकी आदत कैसे पड़ी उसे?" शहाब ने मेज़ पर से पेपर-वेट उठा कर दवात

पर रख दिया।

"आपरेशन हुआ तो बिगड़ गया। दर्द शिद्दत का था। इसका एहसास कम करने के लिए डॉक्टर मार्फ़िया के इंजेक्शन देते रहे। तक़रीबन दो महीने तक...बस आदत हो गयी।" डॉक्टर खान ने मार्फ़िया और उसके ख़तरनाक असरात पर एक लेक्चर-सा शुरू कर दिया।

एक हफ़्ता हो गया। शोभा न आयी। शहाब वापस हैदराबाद चला गया था। डॉ. ख़ान जेवर ले कर हनीफ़ के पास आया कि चलो दे आयें। दोनों ने ग्रांट के नाके पर उस दलाल को बहुत तलाश किया जो शहाब और हनीफ़ को 'शोभा' के मकान के पास ले गया था मगर वह न मिला। हनीफ़ को इतना मालूम था कि गली कौन-सी है और बिल्डिंग कौन सी है...डॉक्टर ख़ान ने कहा, "ठीक है, हम पता लगा लेंगे...ये ज़ेवर मैं अपने पास नहीं रखना चाहता। चोरी हो गये तो क्या करूँगा। वह तो अजीब बेपरवा औरत है।"

दोनों टैक्सी में वहाँ पहुँच गये। डॉ. ख़ान को हनीफ़ ने बिल्डिंग बता दी और कहा, "मैं नहीं जाऊँगा भाई। तुम तलाश करो उसे।"

डॉ. ख़ान अकेला उस बिल्डिंग में दाख़िल हुआ। एक-दो आदमियों से पूछा मगर शोभा का कुछ पता न चला। नीचे से लिफ़्ट ऊपर को आयी तो होटल का छोकरा प्यालियाँ उठाए बाहर निकला। ख़ान ने उससे पूछा तो उसने बताया कि सबसे निचली मंज़िल के आख़री फ़्लैट पर चले जाओ। लिफ़्ट के ज़रिया से खान नीचे पहुँचा। आख़री फ़्लैट की घंटी बजाई। थोड़ी देर के बाद एक बुढ़िया औरत ने दरवाज़ा खोला। खान ने उससे पूछा, "शोभा बाई हैं?"

बुढ़िया ने जवाब दिया, "हाँ हैं।"

ख़ान ने कहा, "जाओ उससे कहो डॉक्टर ख़ान आये है।"

अन्दर से शोभा की आवाज़ आयी, "आइए डॉ. साहब आइए।"

डॉ. ख़ान अन्दर दाख़िल हुआ। छोटा सा ड्राइंग-रूम था चमकीले फ़र्नीचर से भरा हुआ। फ़र्श पर कालीन बिछे हुए थे। बुढ़िया दूसरे कमरे में चली गयी। फ़ौरन ही शोभा की आवाज़ आयी, "डॉक्टर साहब अन्दर आ जाइए...मैं बाहर नहीं आ सकती।"

डॉ. ख़ान दूसरे कमरे में दाख़िल हुआ। शोभा चादर ओढ़े लेटी थी। ख़ान ने उससे पूछा, "क्या बात है?"

शोभा मुस्कराई, "कुछ नहीं डॉ. साहब, तेल मालिश करा रही थी।"

डॉ. पलँग के पास कुर्सी पर बैठ गया। जेब से रूमाल निकाला जिसमें जेवर बँधे थे। खोल कर उसे पलँग पर रख दिया, "कब तक मैं तुम्हारे इन ज़ेवरों की हिफ़ाज़त करता रहूँगा। तुम ऐसी गयीं कि फिर उधर का रुख़ तक न किया।"

शोभा हँसी, "मुझे बहुत काम थे...लेकिन आपने क्यों तकलीफ़ की। मैं ख़ुद आ के ले जाती। "फिर उसने बुढ़िया से कहा, "चाय मँगाओ, डॉ. साहब के लिए।"

डॉ. ने कहा, "नहीं मुझे अब जाना है।"

"कहाँ?"

"अस्पताल।"

"टैक्सी में आये हैं आप?"

"हाँ"

"बाहर खड़ी है।"

डॉ. ने सिर के इशारे से हाँ, की।

"तो आप चलिए मैं आती हूँ" ये कह कर उसने ज़ेवर तकिए के नीचे रख दिये और रूमाल डॉ. ख़ान को दे दिया। डॉ. ख़ान हनीफ़ के पास पहुँचा तो उसने पूछा "मिल गयी?"

डॉ. मुस्कराया, "मिल गयी...आ रही है।"

पन्द्रह-बीस मिनट के बाद शोभा ने तेज़ी से टैक्सी का दरवाज़ा खोला और अन्दर बैठ गयी।

डॉ. ख़ान के कमरे में देर तक फ़िज़ूल किस्म की शेर बाज़ी होती रही। हिज्र-ओ-वसाल और इश्क़-ओ-मुहब्बत के बेशुमार आमियाना अशआर शोभा ने सुनाए और उन्हें अपने नाम से मंसूब किया। डॉ. ख़ान और हनीफ़ ने ख़ूब दाद दी। शोभा बहुत ख़ुश हुई और कहने लगी "याकूब फ़ेठ घण्टों मुझसे फ़ेर फ़ना करते थे।"

याकूब फ़ेठ वह लकड़ी वाला सेठ था जिसने शोभा के लिए एक फ़िल्म कम्पनी खोली थी। डॉ. ख़ान और हनीफ़ हँस पड़े। शोभा भी हँसने लगी।

डॉ. ख़ान और शोभा की दोस्ती हो गयी। शुरू-शुरू में तो वह हफ़्ते में दो बार आती थी। अब क़रीब-क़रीब हर रोज़ आने लगी। रात आती, सुबह-सबेरे चली जाती। शाम को बिला नाग़ा मार्फ़िया का इंजेक्शन लेती। डॉ. इंजेक्शन लगाने से पहले उसके बाज़ू पर बेहिस करने वाली दवा लगा देता था। यह ठण्डी-ठण्डी चीज़ उसे पसन्द थी।

तीन महीने गुज़रे तो शोभा जयपुर जाने के लिए तैयार हुई। मोटर अपनी डॉ. ख़ान के हवाले कर दी कि वह उसका ध्यान रखे। डॉ. उसे स्टेशन पर छोड़ने गया। देर तक गाड़ी में एक-दूसरे से बातें करते रहे। जब गाड़ी चलने लगी तो शोभा ने एकदम डॉ. का हाथ पकड़ कर कहा, "मुझे क्यों एकदम ईफ़ा लगा है कि कुछ होने वाला है।"

डॉ. ख़ान ने कहा, "क्या होने वाला है?"

शोभा के चेहरे से वहशत बरसने लगी "मालूम नहीं मेरा दिल बैठा जा रहा है।"

डॉ. ख़ान ने उसे दम दिलासा दिया। गाड़ी चल दी। दूर तक शोभा का हाथ हिलता रहा।

जयपुर से शोभा के दो ख़त आये जिनसे सिर्फ़ इतना पता चलता था कि वह

ख़ैरियत से पहुँच गयी है। जब वापस आयेगी तो उसके लिए बहुत से तोहफ़े लायेगी। इसके बाद एक कार्ड आया जिसमें लिखा था, "मेरी अँधेरी ज़िन्दगी में सिर्फ़ एक दीया था वह कल ख़ुदा ने बुझा दिया...भला हो उसका!"

हनीफ़ ने ये अल्फ़ाज़ पढ़े तो उसकी आँखों में आँसू आ गये। 'भला हो उसका' में बेपनाह ग़म था।

बहुत अर्सा गुज़र गया शोभा का कोई ख़त न आया। पूरा एक बरस बीत गया। डॉ. ख़ान को उसका कोई पता न चला। शोभा अपनी मोटर उसके हवाले कर गयी थी। उस बिल्डिंग में गया जिसकी सबसे निचली मंज़िल में वह रहा करती थी। फ़्लैट पर कोई और ही क़ाबिज़ था एक दलाल क़िस्म का आदमी। डॉ. ख़ान आख़िर थक हार कर ख़ामोश हो गया। मोटर उसने एक गैरेज में रखवा दी।

एक दिन हनीफ़ घबराया हुआ अस्पताल आया। उसका चेहरा ज़र्द था। डॉ. ख़ान को ड्यूटी से हटा कर वह एक तरफ़ ले गया और उससे कहा, "मैंने आज शोभा को देखा।"

डॉ. ख़ान ने हनीफ़ का बाज़ू पकड़कर एकदम पूछा, "कहाँ?"

"चौपाटी पर...मैं उसे बिलकुल न पहचानता क्योंकि वह महज़ हड्डियों का ढाँचा थी।"

डॉ. ख़ान खोखली आवाज़ में बोला, "हड्डियों का ढाँचा?"

हनीफ़ ने सर्द आह भरी, "शोभा नहीं थी उसका साया था। आँखें अन्दर को धँसी हुईं। बाल परेशान और गर्द आलूद। यूँ चलती थी कि अपने आपको घसीट रही है। मेरे पास आयी और कहा, मुझे पाँच रुपये दो...मैंने उसको न पहचाना। पूछा क्या करोगी पाँच रुपये ले कर। बोली मार्फ़िया का टीका लूँगी, ...एकदम मैंने ग़ौर से उसकी तरफ़ देखा...उसके बालाई होंट पर ज़ख़्म का निशान मौजूद था...मैं चिल्लाया" "शोभा"...उसने थकी हुई वीरान आँखों से मुझे देखा और पूछा, कौन हो तुम...मैंने कहा हनीफ़...उसने जवाब दिया, मैं किसी हनीफ़ को नहीं जानती। मैंने तुम्हारा ज़िक्र किया कि तुमने उसे बहुत तलाश किया, बहुत ढूँढ़ा। ये सुन कर उसके होंटों पर ख़फ़ीफ़ सी मुस्कराहट पैदा हुई और कहने लगी, उससे कहना मत ढूँढ़े मुझे। मेरी तरफ़ देखो मैं इतनी मुद्दत से अपना खोया हुआ लाल ढूँढ़ती फिर रही हूँ... यह ढूँढ़ना बिलकुल बेकार है। ...कुछ नहीं मिलता...लाओ पाँच रुपये दो मुझे...मैंने उसे पाँच रुपये दिये और कहा, "अपनी मोटर तो ले जाओ डॉ. ख़ान से।" वह क़हक़हे लगाती हुई चली गयी।

ख़ान ने पूछा, "कहाँ?"

हनीफ़ ने जवाब दिया, "मालूम नहीं...किसी डॉ. के पास गयी होगी।"

डॉ. ख़ान ने बहुत तलाश किया मगर शोभा का कुछ पता न चला।

अबजी डुड्डू

"मुझे मत सताइए...ख़ुदा की क़सम मैं आप से कहती हूँ, मुझे मत सताइए।"

"तुम बहुत ज़ुल्म कर रही हो आजकल!"

"जी हाँ बहुत ज़ुल्म कर रही हूँ।"

"ये तो कोई जवाब नहीं।"

"मेरी तरफ़ से साफ़ जवाब है, और ये मैं आपसे कई दफ़ा कह चुकी हूँ।"

"आज मैं कुछ नहीं सुनूँगा।"

"मुझे मत सताइए। ख़ुदा की क़सम, मैं आपसे सच कहती हूँ, मुझे मत सताइए मैं चिल्लाना शुरू कर दूँगी।"

"आहिस्ता बोलो। बच्चियाँ जाग पड़ेंगी।"

"आप तो बच्चियों के ढेर लगाना चाहते हैं।"

"तुम हमेशा मुझे यही ताना देती हो।"

"आपको कुछ ख़याल तो होना चाहिए...मैं तंग आ चुकी हूँ।"

"दुरुस्त है...लेकिन..."

"लेकिन वेकिन कुछ नहीं।"

"तुम्हें मेरा कुछ ख़याल नहीं...असल में अब तुम मुझसे मुहब्बत नहीं करतीं ...आज से आठ बरस पहले जो बात थी वह अब नहीं रही...तुम्हें अब मेरी ज़ात से कोई दिलचस्पी ही नहीं रही।"

"जी हाँ।"

"वो क्या दिन थे जब हमारी शादी हुई थी। तुम्हें मेरी हर बात का कितना ख़याल रहता था। हम बाहम किस क़दर शीर-ओ-शकर थे...मगर अब तुम कभी सोने का बहाना कर देती हो। कभी थकावट का उज़्र पेश कर देती हो और कभी दोनों कान बन्द कर लेती हो। कुछ सुनती ही नहीं।"

"मैं कुछ सुनने के लिए तैयार नहीं।"

"तुम ज़ुल्म की आख़री हद तक पहुँच गयी हो।"

"मुझे सोने दीजिए।"

"सो जाइए...मगर मैं सारी रात करवटें बदलता रहूँगा...आपकी बला से।"

"आहिस्ता बोलिए...साथ हमसाए भी हैं।"

"हुआ करें।"

"आपको तो कुछ ख़याल ही नहीं...सुनेंगे तो क्या कहेंगे।"

"कहेंगे कि इस ग़रीब आदमी को कैसी बीवी मिली है।"

"ओह हो।"

"आहिस्ता बोलो...देखो बच्ची जाग पड़ीं।"

"अल्लाह-अल्लाह...अल्लाह जी अल्लाह...अल्लाह अल्लाह...अल्लाह ज़ी अल्लाह...सो जाओ बेटे सो जाओ...अल्लाह अल्लाह...अल्लाह जी अल्लाह...ख़ुदा की क़सम आप बहुत तंग करते हैं। दिन भर की थकी-माँदी को सोने तो दीजिए।"

"अल्लाह अल्लाह...अल्लाह जी अल्लाह...अल्लाह अल्लाह...अल्लाह जी अल्लाह...तुम्हें अच्छी तरह सुलाना भी नहीं आता..."

"आपको तो आता है ना...सारा दिन आप घर में रह कर यही तो करते रहते हैं।"

"भई मैं सारा दिन घर में कैसे रह सकता हूँ...जब फ़ुर्सत मिलती है आ जाता हूँ और तुम्हारा हाथ बँटा देता हूँ।"

"मेरा हाथ बँटाने की आपको कोई ज़रूरत नहीं। आप मेहरबानी करके घर से बाहर अपने दोस्तों ही के साथ गुलछर्रे उड़ाया करें।"

"गुलछर्रे?"

"मैं ज़्यादा बातें नहीं करना चाहती।"

"अच्छा देखो, मेरी एक बात का जवाब दो..."

"ख़ुदा के लिए मुझे तंग न कीजिए"

"कमाल है मैं कहाँ जाऊँ?"

"जहाँ आपके सींग समाए चले जाइए।"

"लो अब हमारे सींग भी हो गये।"

"आप चुप नहीं करेंगे"

"नहीं...मैं आज बोलता ही रहूँगा। ख़ुद सोऊँगा न तुम्हें सोने दूँगा।"

"सच कहती हूँ, मैं पागल हो जाऊँगी...लोगों यह कैसा आदमी है...कुछ समझता ही नहीं है...बस हर वक़्त। हर वक़्त..."

"तुम ज़रूर तमाम बच्चियों को जगा कर रहोगी।"

"न पैदा की होतीं इतनी।"

"पैदा करने वाला मैं तो नहीं हूँ...ये तो अल्लाह की देन है...अल्लाह, अल्लाह...अल्लाह जी, अल्लाह अल्लाह...अल्लाह जी, अल्लाह।"

"बच्ची को अब मैंने जगाया था?"

"मुझे अफ़सोस है।"

"अफ़सोस है, कह दिया...चलो छुट्टी हुई...गला फाड़-फाड़ कर चिल्लाये चले जा रहे हैं। हमसायेगी का कुछ ख़याल ही नहीं, लोग क्या कहेंगे इसकी कोई परवाह ही नहीं...ख़ुदा की क़सम मैं अंक़रीब ही दीवानी हो जाऊँगी।"

"दीवाने होंगे तुम्हारे दुश्मन।"

"मेरी जान के दुश्मन तो आप हैं।"

"तो ख़ुदा मुझे दीवाना करे।"

"वह तो आप हैं।"

"मैं दीवाना हूँ, मगर तुम्हारा।"

"अब चोंचले न बघारिए।"

"तुम तो न यूँ मानती हो न वूँ।"

"मैं सोना चाहती हूँ।"

"सो जाओ, मैं पड़ा बकवास करता रहूँगा।"

"ये बकवास क्या अशद ज़रूरी है।"

"है तो सही...ज़रा इधर देखो..."

"मैं कहती हूँ, मुझे तंग न कीजिए। मैं रोऊँगी।"

"तुम्हारे दिल में इतनी नफ़रत क्यों पैदा हो गयी...मेरी सारी ज़िन्दगी तुम्हारे लिए है। समझ में नहीं आता तुम्हें क्या हो गया है...मुझसे कोई ख़ता हुई हो तो बता दो।"

"आपकी तीन ख़ताए ये सामने पलँग पर पड़ी हैं।"

"ये तुम्हारे कोसने कभी ख़त्म नहीं होंगे।"

"आपकी हठ कब ख़त्म होगी?"

"लो बाबा मैं तुमसे कुछ नहीं कहता। सो जाओ...मैं नीचे चला जाता हूँ।"

"कहाँ?"

"जहन्नम में।"

"यह क्या पागलपन है...नीचे इतने मच्छर हैं। पंखा भी नहीं...सच कहती हूँ, आप बिलकुल पागल हैं...मैं नहीं जाने दूँगी आपको।"

"मैं यहाँ क्या करूँगा...मच्छर हैं पंखा है, ठीक है। मैंने ज़िन्दगी के बुरे दिन भी गुज़ारे हैं। तन आसान नहीं हूँ...सो जाऊँगा सोफ़े पर।"

"सारा वक़्त जागते रहेंगे।"

"तुम्हारी बला से।"

"मैं नहीं जाने दूँगी आपको...बात का बतंगड़ बना देते हैं।"

"मैं मर नहीं जाऊँगा...मुझे जाने दो।"

"कैसी बातें मुँह से निकालते हैं। ...ख़बरदार जो आप गये।"

"मुझे यहाँ नींद नहीं आयेगी।"

"न आये।"

"ये अजीब मंतक़ है...मैं कोई लड़-झगड़ कर तो नहीं जा रहा।"

"लड़ाई-झगड़ा क्या अभी बाक़ी है...ख़ुदा की क़सम आप कभी-कभी बिलकुल बच्चों की-सी बातें करते हैं। अब ये ख़ब्त सर में समाया है कि मैं नीचे गर्मी और मच्छरों में जा कर सोऊँगा...कोई और होती तो पागल हो जाती।"

"तुम्हें मेरा बड़ा ख़याल है?"

"अच्छा बाबा नहीं है...आप चाहते क्या हैं?"

"अब सीधे रास्ते पर आयी हो।"

"चलिए हटिए...मैं कोई रास्ता-वास्ता नहीं जानती। मुँह धो के रखिए अपना।"

"मुँह सुबह धोया जाता है...लो, अब मन जाओ।"

"तौबा!"

"साड़ी पर वह बार्डर लग कर आ गया?"

"नहीं!"

"अजीब उल्लू का पट्ठा है दर्ज़ी...कह रहा था आज ज़रूर पहुँचा देगा।"

"ले कर आया था, मगर मैंने वापस कर दी..."

"क्यों?"

"एक-दो जगह झूल थे।"

"ओह...अच्छा, मैंने कहा, कल "बरसात" देखने चलेंगे। मैंने पास का बन्दोबस्त कर लिया है।"

"कितने आदमियों का?"

"दो का...क्यों?"

"बाजी भी जाना चाहती थीं।"

"हटाओ बाजी को पहले हम देखेंगे फिर उसको दिखा देंगे...पहले हफ़्ते में पास बड़ी मुश्किल से मिलते हैं...चाँदनी रात में तुम्हारा बदन कितना चमक रहा है।"

"मुझे तो इस चाँदनी से नफ़रत है। कमबख़्त आँखों में घुसती है सोने नहीं देती।"

"तुम्हें तो बस हर वक़्त सोने ही की पड़ी रहती है।"

"आपको बच्चियों की देखभाल करना पड़े तो फिर पता चले। आटे दाल का भाव मालूम हो जाय। एक के कपड़े बदलो, तो दूसरी के मैले हो जाते हैं। एक को सुलाओ दूसरी जाग पड़ती है, तीसरी नियामत ख़ाने की ग़ारतगरी में मसरूफ़ होती है।"

"दौ नौकर घर में मौजूद हैं।"

"नौकर कुछ नहीं करते।"

"तो उन्हें निकाल बाहर करो।"

"आहिस्ता बोलिए...देखिए छोटी कैसे चौंकी है।"
"माफ़ कर देना...ज़रा हाथ से थपका दो!"
"मँझली भी तड़प रही है।"
"पेशाब करा दिया था इसे।"
"जी हाँ!"
"फिर क्या वजह है?"
"गर्मी आज कुछ ज़्यादा है...आप परे हटे जाइए।"
"नहीं-नहीं"
"आख़िर हार मुझे ही माननी पड़ती है।"
"तुम्हारी हार हार नहीं जीत होती है...अल्लाह बेहतर जानता है मुझे तुमसे कितनी मुहब्बत है।"
"अपनी मुहब्बत आप इसी वक़्त जताया करते हैं।"
"लो भई, और क्या सर-ए-बाज़ार तुम से मुहब्बत किया करूँ...इधर देखो मेरी तरफ़।"
"आप अपनी करके रहेंगे।"
"मेरी जान जो हुईं तुम।"
"मैंने कहा हटिए..."
"क्या हुआ?"
"देखते नहीं बड़ी उठ कर बैठी हुई है।"
"ओह!"
"सुना नहीं आपने?"
"क्या?"
"कह रही है अबजी ड्डुड्डु!"
"हाँ-हाँ सुना है...दे इसे दूध।"
"मैं नीचे भूल आयी हूँ।"
"नीचे?"
"हाँ, नियामत ख़ाने में...जाइए ले आइए।"
"ले आऊँ, नीचे से?"
"जल्दी जाइए वरना रोना शुरू कर देगी।"
"जाता हूँ।"
"मैंने कहा, सुनिए...आग जला करज़रा कुनकुना कर दीजिएगा दूध।"
"अच्छा, अच्छा...सुन लिया है!"

स्वराज के लिए

मुझे सन् याद नहीं रहा, लेकिन वही दिन थे, जब अमृतसर में हर तरफ़, 'इन्कलाब ज़िन्दाबाद' के नारे गूँजते थे। उन नारों में, मुझे अच्छी तरह याद है, एक अजीब क़िस्म का जोश था—एक जवानी—एक अजीब क़िस्म की जवानी, बिलकुल अमृतसर की गुजरियों की-सी, जो सिर पर उपलों के टोकरे उठाये, बाज़ारों को जैसे काटती हुई चलती हैं। ख़ूब दिन थे। फ़िज़ा में, वह जो जलियाँवालाबाग़ के ख़ूनी हादसे का उदास डर समाया रहता था, उस वक़्त ग़ायब था। अब उसकी जगह एक निर्भीक तड़प ने ले ली थी—एक अन्धा-धुन्ध छलाँग ने, जो अपनी मंज़िल से नावाक़िफ़ थी।

लोग नारे लगाते थे, जुलूस निकालते थे और सैकड़ों की तादाद में धड़ाधड़ कैद हो रहे थे। गिरफ़्तार होना एक दिलचस्प शग़ल बन गया था। सुबह क़ैद हुए, शाम को छोड़ दिये गये। मुक़दमा चला, चन्द महीनों की क़ैद हुई; वापस आये, एक नारा लगाया, फिर क़ैद हो गये।

ज़िन्दगी से भरपूर दिन थे। एक नन्हा-सा बुलबुला भी, फटने पर, एक बहुत बड़ा भँवर बन जाता था। किसी ने चौक में खड़े हो कर भाषण दिया और कहा, 'हड़ताल होनी चाहिए।' चलिए, हड़ताल हो गयी। एक लहर उठी कि हर आदमी को खादी पहननी चाहिए ताकि लंकाशायर के सारे कारख़ाने बन्द हो जायँ। लीजिए, विदेशी कपड़ों का बायकाट शुरू हो गया और हर चौक में अलाव जलने लगे। लोग जोश में आ कर वहीं खड़े-खड़े कपड़े उतारते और अलाव में फेंक देते। कोई औरत अपने मकान के बारजे से अपनी नापसन्दीदा साड़ी उछालती तो भीड़ तालियाँ पीट-पीट कर अपने हाथ लाल कर लेती।

मुझे याद है, कोतवाली के सामने, टाउन हॉल के पास, एक अलाव जल रहा था। शेख़ू ने, जो मेरा सहपाठी था, जोश में आ कर अपना रेशमी कोट उतारा और विदेशी कपड़ों की चिता में डाल दिया। तालियों का समुद्र बहने लगा, क्योंकि शेख़ू एक बहुत बड़े 'टोडी बच्चे' का लड़का था। उस बेचारे का जोश और भी ज़्यादा बढ़ गया। अपनी बोस्की की कमीज़ उतार कर उसे भी उसने शोलों की भेंट चढ़ा दिया, लेकिन बाद में उसे ख़याल आया कि उसके साथ सोने के बटन थे।

मैं शेख़ू का मज़ाक़ नहीं उड़ाता। मेरा हाल भी उन दिनों कुछ वैसा ही था। जी

चाहता था, कहीं से पिस्तौल हाथ आ जाय तो एक क्रान्तिकारी पार्टी बनायी जाय। बाप सरकारी पेंशनर था, इसका मुझे कभी ख़याल न आया। बस दिलो-दिमाग़ में एक अजीब-सी ख़ुदबुद रहती थी। बिलकुल वैसी ही, जैसी फ़्लाश खेलने के दौरान रहा करती है। स्कूल से तो मुझे वैसे ही दिलचस्पी न थी, पर उन दिनों तो मुझे ख़ास तौर पर पढ़ाई से नफ़रत हो गयी...घर से किताबें ले कर निकलता और जलियाँवालाबाग़ चला जाता। स्कूल का वक़्त ख़त्म होने तक, वहाँ की सरगर्मियाँ देखता रहता या किसी पेड़ के साये-तले बैठकर, दूर मकानों की खिड़कियों में औरतों को देखता और सोचता कि ज़रूर इनमें से किसी को मुझसे प्रेम हो जायेगा।

यह ख़याल दिमाग़ में क्यों आता, मैं इसके बारे में कुछ नहीं कह सकता।

जलियाँवालाबाग़ में ख़ूब रौनक थी। चारों तरफ़ तम्बू और कनातें फैली हुई थीं। जो ख़ेमा सबसे बड़ा था, उसमें हर दूसरे तीसरे दिन एक डिक्टेटर बना कर बैठा दिया जाता था, जिसको सारे स्वयं-सेवक सलामी देते थे। दो-तीन दिन, या ज़्यादा से-ज़्यादा दस-पन्द्रह दिन तक, यह डिक्टेटर खादी-पोश औरतों और मर्दों का 'नमस्कार' एक बनावटी गम्भीरता के साथ वसूल करता; शहर के बनियों से लंगर-ख़ाने के लिए आटा-चावल इकट्ठा करता और दही की लस्सी पी-पी कर, जो ख़ुदा जाने, जलियाँवालाबाग़ में क्यों इतनी आम थी, एक दिन अचानक गिरफ़्तार हो जाता और किसी कैदख़ाने में चला जाता।

मेरा एक पुराना सहपाठी था—शहज़ादा गुलाम अली। उससे मेरी दोस्ती का अन्दाज़ा आपको इन बातों से हो सकता है कि हम इकट्ठे दो बार मैट्रिक के इम्तहान में फेल हो चुके थे और एक बार हम दोनों घर से भाग कर बम्बई गये थे; ख़याल था कि रूस जायेंगे; मगर पैसे ख़त्म होने पर जब फ़ुटपाथों पर सोना पड़ा तो घर ख़त लिखे, माफ़ियाँ माँगीं और वापस चले आये।

शहज़ादा गुलाम अली ख़ूबसूरत जवान था। लम्बा क़द; गोरा रंग, जो कश्मीरियों का होता है; तीखी नाक; खिलन्डरी आँखें; चाल-ढाल में एक ख़ास शान थी, जिसमें पेशेवर गुण्डों की अकड़ की हल्की-सी झलक भी थी।

जब वह मेरे साथ पढ़ता तो शहज़ादा नहीं था, लेकिन जब शहर में इन्कलाबी हलचल बढ़ी और उसने दस-पन्द्रह जलसों और जुलूसों में भाग लिया तो नारों, गेंदे के हारों, जोशीले गीतों और स्वयं-सेविकाओं से खुली बात-चीत ने उसे एक अधपका इन्कलाबी बना दिया। एक दिन उसने अपना पहला भाषण दिया। दूसरे दिन मैंने अख़बार देखे तो मालूम हुआ कि गुलाम अली 'शहज़ादा' बन गया है।

शहज़ादा बनते ही गुलाम अली सारे अमृतसर में मशहूर हो गया। छोटा-सा शहर है; वहाँ नेकनाम या बदनाम होते देर नहीं लगती। यूँ तो अमृतसरी, आम आदमियों के मामले में, सख़्त क़िस्म के आलोचक हैं। यानी हर आदमी दूसरों के

ऐब टटोलने और चरित्रों में सूराख़ ढूँढने की कोशिश करता रहता है, लेकिन राजनीतिक और धार्मिक नेताओं के मामले में अमृतसरी एकदम आँखें फिरा लेते हैं। उनको दरअसल हर वक़्त एक भाषण या आन्दोलन की ज़रूरत रहती है। आप उन्हें नीली-पोश बना दीजिए या सियाह-पोश। एक ही नेता, चोले बदल-बदल कर, अमृतसर में काफ़ी देर तक ज़िन्दा रह सकता है।

लेकिन वह ज़माना कुछ और था। सभी बड़े-बड़े नेता जेलों में थे और उनकी गद्दियाँ ख़ाली थीं। उस समय लोगों को नेताओं की कोई उतनी ज़्यादा ज़रूरत न थी। लेकिन वह आन्दोलन, जो कि अब शुरू हुआ था, उसको ऐसे आदमियों की बड़ी ज़रूरत थी, जो एक दिन खादी पहन कर जलियाँवालाबाग़ के बड़े तम्बू में बैठें, एक-दो भाषण दें और गिरफ़्तार हो जायें।

उन दिनों यूरोप में नयी-नयी डिक्टेटरशिप शुरू हुई थी। हिटलर और मुसोलिनी का बड़ा इश्तहार हो रहा था। ग़ालिबन इसी असर के तहत कांग्रेस ने डिक्टेटर बनाने शुरू कर दिये थे। जब शहज़ादा गुलाम अली की बारी आयी तो उससे पहले चालीस डिक्टेटर गिरफ़्तार हो चुके थे।

ज्योंही मुझे मालूम हुआ कि गुलाम अली डिक्टेटर बन गया है तो मैं फ़ौरन जलियाँ वाला बाग़ में पहुँचा। बड़े ख़ेमे के बाहर स्वयं-सेवकों का पहरा था। लेकिन गुलाम अली ने जब मुझे अन्दर से देखा तो बुला लिया–ज़मीन पर एक गदेला था, जिस पर खादी की चाँदनी बिछी थी। उस पर गाव-तकियों का सहारा लिये, शहज़ादा गुलाम अली, चन्द खादी-पोश बनियों से बात-चीत कर रहा था, जो शायद तरकारियों के बारे में थी। चन्द मिनटों में ही उसने यह बातचीत ख़त्म की और कुछ स्वयं-सेवकों को आदेश दे कर, वह मेरी तरफ़ पलटा। उसकी यह असाधारण गम्भीरता देख कर, मुझे गुदगुदी-सी हो रही थी। जब स्वयं-सेवक चले गये तो मैं हँस पड़ा, 'सुना बे शहज़ादे।'

मैं देर तक उससे मज़ाक़ करता रहा, लेकिन मैंने महसूस किया कि गुलाम अली में भारी तब्दीली आ गयी है। ऐसी तब्दीली, जिससे वह वाक़िफ़ है। चुनांचे उसने कई बार मुझसे यही कहा–'नहीं सआदत! मज़ाक़ न उड़ाओ। मैं जानता हूँ, मेरा सिर छोटा है और यह इज़्ज़त, जो मुझे मिली है, बड़ी है–लेकिन मैं यह खुली टोपी ही पहने रहना चाहता हूँ।'

कुछ देर बाद उसने मुझे दही की लस्सी का एक बहुत बड़ा गिलास पिलाया और मैं उससे यह वादा करके, घर चला गया कि शाम को उसका भाषण सुनने ज़रूर आऊँगा।

शाम को जलियाँवालाबाग़ खचाखच भरा था। मैं चूँकि जल्दी आया था, इसलिए मुझे स्टेज के पास ही जगह मिल गयी। गुलाम अली तालियों के शोर के साथ प्रकट हुआ–सफ़ेद, बेदाग़ खादी के कपड़े पहने, वह सुन्दर और आकर्षक

लग रहा था। उस अकड़ की झलक, जिसका मैं इससे पहले ज़िक्र कर चुका हूँ, उसके इस आकर्षण को बढ़ा रही थी।

लगभग एक घण्टे तक वह बोलता रहा—इस बीच कई बार मेरे रोंगटे खड़े हुए और एक-दो बार तो मेरे जिस्म में बड़ी शिद्दत से यह इच्छा पैदा हुई कि मैं बम की तरह फट जाऊँ। उस समय मैंने शायद यही ख़याल किया था कि यूँ फट जाने से हिन्दुस्तान आज़ाद हो जायेगा।

ख़ुदा जाने कितने बरस बीत चुके हैं! बहती हुई भावनाओं और घटनाओं की नोक-पलक, जो उस समय थी, अब बिलकुल उसी तरह बता पाना लगभग नामुमकिन है। लेकिन यह कहानी लिखते समय, जब मैं गुलाम अली के भाषण की कल्पना करता हूँ तो मुझे सिर्फ़ एक जवानी बोलती दिखायी पड़ती है, जो राजनीति से बिलकुल पाक थी—उसमें एक ऐसे नौजवान की सच्ची निर्भीकता थी, जो एकदम किसी राह-चलती औरत को पकड़ ले और कहे, 'देखो, मैं तुम्हें चाहता हूँ।' और दूसरे ही पल, कानून के पंजे में गिरफ़्तार हो जाय। उस भाषण के बाद मुझे कई भाषण सुनने का मौक़ा मिला; लेकिन वह अधपकी दीवानगी, वह सिर-फिरी जवानी, वह अल्हड़ ज़ज़्बा, वह दाढ़ी-मूँछ-रहित ललकार, जो मैंने शहज़ादा गुलाम अली की आवाज़ में सुनी—उसकी हल्की-सी गूँज भी मुझे अब कहीं सुनायी नहीं देती। अब जो भाषण सुनने में आते हैं, वे ठण्डी गम्भीरता, बूढ़ी राजनीति और शायराना होशमन्दी में लिपटे होते हैं।

उस समय दरअसल दोनों पार्टियाँ कच्ची थीं। सरकार भी और रियाया भी। दोनों, नतीजों की परवाह किये बिना, एक-दूसरे से उलझी हुई थीं। सरकार, क़ैद की अहमियत समझे बिना, लोगों को क़ैद कर रही थी और जो क़ैद होते थे, उनको भी कैद़खाने में जाने से पहले क़ैद का मक़सद मालूम नहीं होता था।

एक धाँधली थी, मगर उस धाँधली में एक आग-जैसी वैचैनी थी। लोग शोलों की तरह भड़कते थे, बुझते थे, फिर भड़कते थे। चुनांचे उस भड़कने और बुझने, बुझने और भड़कने ने, गुलामी की निदासी, उदास और जँभाइयों-भरी फ़िज़ा में गर्म कँपकँपी पैदा कर दी थी।

शहज़ादा गुलाम अली ने भाषण ख़त्म किया तो सारा जलियाँवालाबाग़ तालियों और नारों का दहकता हुआ अलाव बन गया। उसका चेहरा दमक रहा था। जब मैं उससे अलग जा कर मिला और बधाई देने के लिए मैंने उसका हाथ अपने हाथ में दबाया तो वह काँप रहा था। यह गर्म कँपकँपाहट उसके चमकते हुए चेहरे से भी नुमायाँ थी। वह कुछ-कुछ हाँफ रहा था। उसकी आँखों में जोश-भरी भावनाओं की दमक के अलावा, मुझे एक थकी हुई तलाश नज़र आयी—वो किसी को ढूँढ रही थीं। एकदम उसने अपना हाथ मेरे हाथ से अलग किया और सामने चमेली की झाड़ी की तरफ़ बढ़ा।

वहाँ एक लड़की थी। खादी की बेदाग़ साड़ी पहने हुए।

दूसरे दिन मुझे मालूम हुआ कि शहज़ादा गुलाम अली इश्क़ में गिरफ़्तार है। वह उस लड़की से, जिसे मैंने चमेली की झाड़ी के पास बड़े अदब से खड़े देखा था, प्रेम कर रहा था। यह प्रेम इकतरफ़ा नहीं था, क्योंकि निगार को भी उससे बेहद लगाव था। निगार, जैसा कि नाम से ज़ाहिर है, एक मुसलमान लड़की थी। अनाथ। ज़नाना हस्पताल में नर्स थी और शायद पहली मुसलमान लड़की थी, जिसने अमृतसर में बेपर्दा हो कर कांग्रेस के आन्दोलन में भाग लिया। कुछ खादी के लिबास ने, कुछ कांग्रेस की सरगर्मियों में हिस्सा लेने की वजह से और कुछ हस्पताल की फ़िज़ा ने, निगार की इस्लामी प्रकृति को—उस तीखी चीज़ को, जो मुसलमान औरत के स्वभाव में नुमायाँ होती है, कुछ थोड़ा-सा घिसा दिया था, जिससे वह तनिक मुलायम हो गयी थी।

वह सुन्दर न थी, पर अपनी जगह स्त्रीत्व का एक निहायत ही अनोखा और बेमिसाल नमूना थी। विनम्रता, आदर और श्रद्धा का वह मेल, जो आदर्श हिन्दू औरत की ख़ासियत है, निगार में भी अपनी हल्की-सी झलक के साथ दिखायी देता था, जिसने उसके व्यक्तित्व में रूह को गर्मी देने वाले रंग भर दिये थे। उस समय तो शायद यह कभी मेरे मन में न आता, लेकिन अब यह लिखते समय, मैं निगार की कल्पना करता हूँ तो वह मुझे नमाज़ और आरती का दिल-फ़रेब संगम दिखायी देती है।

वह शहज़ादा गुलाम अली की पूजा करती थी और वह भी उस पर जान देता था। जब निगार के बारे में उससे बातचीत हुई तो पता चला कि कांग्रेस-आन्दोलन के दौरान, उन दोनों की मुलाक़ात हुई और थोड़े ही दिनों के मेल-जोल के बाद वे एक-दूसरे के हो गये।

गुलाम अली का इरादा था कि कैद होने से पहले-पहले वह निगार को अपनी बीवी बना ले। मुझे याद नहीं, वह ऐसा क्यों करना चाहता था; क्योंकि क़ैद से वापस आने पर भी वह उससे शादी कर सकता था। उन दिनों कोई इतनी लम्बी क़ैद तो होती न थी। कम-से-कम तीन महीने और ज़्यादा-से-ज़्यादा एक बरस। कुछेक को तो पन्द्रह-बीस दिनों के बाद ही रिहा कर दिया जाता था, ताकि दूसरे क़ैदियों के लिए जगह बन जाय। बहरहाल, वह अपने इरादे को निगार पर भी ज़ाहिर कर चुका था और वह बिलकुल तैयार थी। अब सिर्फ़ दोनों को बाबा जी के पास जा कर उनका आशीर्वाद लेना था।

बाबा जी, जैसा कि आप जानते होंगे, बड़ी भारी हस्ती के मालिक थे। शहर से बाहर, लखपती सर्राफ़, हरिराम की शानदार कोठी में वे ठहरे हुए थे। यूँ तो वे अकसर अपने आश्रम में रहते थे, जो उन्होंने पास के एक गाँव में बना रखा था, पर जब कभी वे अमृतसर आते तो हरिराम सर्राफ़ ही की कोठी में उतरते और

उनके आते ही, यह कोठी बाबा जी के भक्तों के लिए पवित्र स्थान बन जाती। दिन भर उनके दर्शन करने वालों का ताँता बँधा रहता। दिन-ढले, वे कोठी से बाहर कुछ फ़ासिले पर आम के पेड़ों के झुरपुट में एक तख़्त पर बैठे कर लोगों को आम दर्शन देते; अपने आश्रम के लिए चन्दा इकट्ठा करते; और आख़िर में भजन, आदि सुन कर, हर रोज़ शाम को यह सभा, उनकी इजाज़त से, बरख़ास्त हो जाती।

बाबा जी बहुत परहेज़गार, आस्तिक, विद्वान और प्रतिभाशाली व्यक्ति थे। यही वजह है कि हिन्दू, मुसलमान, सिक्ख और अछूत—सब उनको बहुत मानते थे और उन्हें अपना नेता स्वीकार करते थे।

राजनीति से हालाँकि ज़ाहिरा तौर पर बाबा जी को कोई दिलचस्पी न थी, लेकिन यह एक खुला हुआ भेद है कि पंजाब का हर राजनीतिक आन्दोलन उन्हीं के इशारे पर शुरू और उन्हीं के इशारे पर ख़त्म हुआ।

सरकार की निगाह में वे एक न-समझ-में-आने-वाला भेद थे। एक ऐसी राजनीतिक पहेली, जिसे ब्रिटिश सरकार के बड़े-बड़े राजनीतिक भी हल न कर सके थे। बाबा जी के पतले-पतले होंठों की एक हल्की-सी मुस्कान के हज़ार मतलब निकाले जाते थे। लेकिन जब वे ख़ुद इस मुस्कान के एकदम नये अर्थ सुझाते थे तो उनकी भक्त-जनता और भी अधिक प्रभावित होती।

यह जो अमृतसर में असहयोग आन्दोलन चल रहा था और लोग धड़ा-धड़ क़ैद हो रहे थे, उसके पीछे, जैसा कि ज़ाहिर है, बाबा जी का ही असर काम कर रहा था। हर शाम, लोगों को आम दर्शन देते समय, वे सारे पंजाब के आन्दोलन और सरकार की नित-नयी सख़्तियों के बारे में, अपने पोपले मुँह से एक छोटा-सा, एक मासूम-सा, जुमला निकाल दिया करते थे, जिसे बड़े-बड़े नेता फ़ौरन ही अपने गले में तावीज़ बना कर डाल लेते थे।

लोगों का कहना है कि उनकी आँखों में एक चुम्बक-सी शक्ति थी। उनकी आवाज़ में एक जादू था और उनका ठण्डा दिमाग़—उनका वह मुस्कराता हुआ दिमाग़ जिसको गन्दी-से-गन्दी गाली और ज़हरीले-से-ज़हरीला व्यंग भी एक मिनट के हज़ारवें हिस्से के लिए उत्तेजित न कर सकता था, विरोधियों के लिए बड़ी ही उलझन का सबब था। अमृतसर में बाबा जी के सैकड़ों जुलूस निकल चुके थे। लेकिन जाने क्या बात है कि मैंने और सभी नेताओं को देखा, एक सिर्फ़ उन्हीं को, न दूर से देखा, न पास से। इसलिए जब गुलाम अली ने उनके दर्शन करने और उनसे शादी के लिए इजाज़त लेने की बात मुझसे की तो मैंने उससे कहा कि जब वे दोनों जायें तो मुझे भी साथ लेते चलें।

दूसरे ही दिन गुलाम अली ने ताँगे का इन्तज़ाम किया और हम सुबह-सबेरे लाला हरिराम सर्राफ़ की आलीशान कोठी में पहुँच गये।

बाबा जी नहा-धो कर, सुबह की प्रार्थना से निवृत्त हो, एक ख़ूबसूरत पण्डितानी

से राष्ट्रीय गीत सुन रहे थे। चीनी की बेदाग़ सफ़ेद टाइलों वाले फ़र्श पर बाबा जी खजूर के पत्तों की चटाई पर बैठे थे। गाव-तकिया उनके पास ही पड़ा था, लेकिन उन्होंने उसका सहारा नहीं लिया था।

कमरे में सिवाय एक चटाई के, जिसके ऊपर बाबा जी बैठे थे, और कोई फ़र्नीचर नहीं था। एक सिरे से दूसरे सिरे तक सफ़ेद टाइलें चमक रही थीं। उनकी चमक ने राष्ट्रीय गीत गाने वाली पण्डितानी के हल्के गुलाबी रंग के चेहरे को और भी सुन्दर बना दिया था।

बाबा जी हालाँकि सत्तर-बहत्तर बरस के थे, लेकिन उनके जिस्म पर (वे सिर्फ गेरुए रंग का छोटा-सा तहमद बाँधे थे) उम्र की झुर्रियों का कोई असर न था। उनकी जिल्द में एक अजीब क़िस्म की चमक और लावण्य था। मुझे बाद में मालूम हुआ कि वे रोज़ नहाने से पहले ज़ैतून का तेल अपने शरीर पर मलवाते हैं।

शहज़ादा गुलाम अली की तरफ़ देख कर वे मुस्कराये। मुझे भी एक नज़र देखा और हम तीनों की बन्दगी का जवाब उसी मुस्कराहट को तनिक फैला कर दिया और इशारा किया कि हम बैठे जायें।

मैं अब यह तस्वीर अपने सामने लाता हूँ तो चेतना की ऐनक से, यह मुझे दिलचस्प होने के अलावा बड़ी ही विचारोत्तेजक दिखायी देती है। खजूर की चटाई पर एक अधनंगा बुज़ुर्ग, योगियों का आसन लगाये बैठा है। उसके बैठने के ढंग से; उसके गंजे सिर से; उसकी अधखुली आँखों से; उसके साँवले, मुलायम शरीर से, उसके चेहरे की हर रेखा से एक शान्ति-भरा सन्तोष, एक बेफ़िक्र विश्वास ज़ाहिर हो रहा था, कि जिस जगह पर दुनिया ने उसे बैठा दिया है, अब बड़े-से-बड़ा भूचाल भी वहाँ से उसे नहीं गिरा सकता।

उससे कुछ दूर कश्मीर की घाटी की एक नयी खिली कली, कुछ उस बुज़ुर्ग की निकटता के सम्मान से झुकी हुई, कुछ राष्ट्रीय गीत के असर से और कुछ अपनी भरपूर जवानी से, जो उसकी खुरदरी, सफ़ेद साड़ी से निकल कर, राष्ट्रीय गीत के अलावा अपनी जवानी का भी गीत गाना चाहती थी; जो उस बुज़ुर्ग की निकटता का आदर करने के साथ-साथ, किसी ऐसी तन्दुरुस्त और जवान हस्ती के सत्कार में भी नत-शिर होना चाहती थी, जो उसकी नर्म कलाई पकड़ कर ज़िन्दगी के दहकते हुए अलाव में क़ूद पड़े। उसके हल्के प्याज़ी चेहरे से; उसकी बड़ी-बड़ी, काली, चंचल आँखों से; उसके खादी के खुरदरे ब्लाउज़ में ढके हुए हलचल-भरे सीने से, उस वृद्ध योगी के ठोस विश्वास और गम्भीर सन्तोष के मुकाबिले में एक ख़ामोश पुकार फूटी पड़ती थी कि आओ, जिस जगह पर मैं इस समय हूँ, वहाँ से खींच कर मुझे नीचे गिरा दो या इससे भी ऊपर ले चलो।

इस तरफ़ हट कर हम तीनों बैठे थे—मैं, निगार और शहज़ादा गुलाम अली। मैं बिलकुल चुग़द बना बैठा था। बाबा जी के व्यक्तित्व से भी प्रभावित था और

उस पण्डितानी के बेदाग़ हुस्न से भी। फ़र्श की चमकीली टाइलों ने भी मुझे बाँध रखा था और उन पर बिछी, उस खुरदुरी चटाई ने भी। कभी सोचता था कि ऐसी टाइलों वाली एक कोठी मुझे मिल जाय तो कितना अच्छा हो! फिर सोचता था कि यह पण्डितानी मुझे और कुछ न करने दे, सिर्फ एक बार मुझे अपनी आँखें चूम लेने दे। इस ख़याल से मेरे शरीर में थरथरी पैदा होती तो झट अपनी नौकरानी का ख़याल आता, जिससे ताज़ा-ताज़ा मुझे कुछ 'वह' हुआ था। जी में आता कि उन सब को यहाँ छोड़ कर सीधा घर जाऊँ; शायद नज़र बचा कर उसे ऊपर गुसलख़ाने तक ले जाने में कामयाब हो सकूँ...पर जब बाबा जी पर नज़र पड़ती और कानों में राष्ट्रीय गीत के जोशीले बोल गूँजते तो एक दूसरी थरथरी बदन में पैदा होती और मैं सोचता कि कहीं से पिस्तौल हाथ लग जाय तो सिविल लाइन्ज़ में जा कर अंग्रेज़ों को भूनना शुरू कर दूँ।

इस चुग़द के पास निगार और गुलाम अली बैठे थे। प्रेम करने वाले दो दिल, जो मुहब्बत में अकेले धड़कते-धड़कते, अब शायद कुछ उकता गये थे और जल्द ही एक-दूसरे में प्रेम के दूसरे रंग देखने के लिए घुल-मिल जाना चाहते थे। दूसरे शब्दों में, वे बाबा जी से—अपने एकमात्र राजनीतिक रहनुमा से—ब्याह की इजाज़त लेने आये थे और जैसा कि ज़ाहिर है, उन दोनों के दिमाग़ में उस समय राष्ट्रीय गीत के बजाय, उनके अपने जीवन का सुन्दरतम, लेकिन अनसुना संगीत गूँज रहा था।

गीत ख़त्म हुआ। बाबा जी ने बड़े स्नेह-भरे ढंग से पण्डितानी को हाथ के इशारे से आशीर्वाद दिया और मुस्कराते हुए निगार और गुलाम अली की ओर मुड़े। मुझे भी उन्होंने एक नज़र देख लिया।

गुलाम अली शायद परिचय के लिए अपना और निगार का नाम बताने वाला था, लेकिन बाबा जी की याददाश्त ग़ज़ब की थी। उन्होंने फ़ौरन ही अपनी मीठी आवाज़ में कहा, 'शहज़ादे, अभी तक गिरफ़्तार नहीं हुए?'

गुलाम अली ने हाथ जोड़ कर कहा, 'जी नहीं!'

बाबा जी ने क़लमदान से एक पेंसिल निकाली और उससे खेलते हुए कहने लगे, 'पर मैं तो समझता हूँ, तुम गिरफ़्तार हो चुके हो।'

गुलाम अली इसका मतलब न समझ सका। लेकिन बाबा जी ने फ़ौरन ही पण्डितानी की तरफ़ देखा और निगार की ओर इशारा करके कहा—'निगार ने हमारे शहज़ादे को गिरफ़्तार कर लिया है।'

निगार शर्मा-सी गयी। गुलाम अली का मुँह हैरत से खुला-का-खुला रह गया और पण्डितानी के प्याज़ी चेहरे पर एक आशीर्वाद-भरी चमक-सी आयी। उसने निगार और गुलाम अली को कुछ इस तरह देखा, जैसे कह रही हो, 'बहुत अच्छा हुआ।'

बाबा जी एक बार फिर पण्डितानी की ओर मुड़े, 'ये बच्चे मुझसे शादी की इजाज़त लेने आये हैं...तुम कब शादी कर रही हो कमल?'

तो उस पण्डितानी का नाम कमल था। बाबा जी के अचानक सवाल करने पर वह बौखला गयी। उसका प्याज़ी चेहरा सुर्ख़ हो गया। काँपती हुई आवाज़ में उसने जवाब दिया—'मैं तो आपके आश्रम में जा रही हूँ।'

एक हल्की-सी आह भी इन शब्दों में लिपट कर बाहर आयी, जिसे बाबा जी के होशियार दिमाग़ ने फ़ौरन नोट किया। वे उसकी तरफ़ देख कर जोगियों के-से अन्दाज़ में मुस्कराये और ग़ुलाम अली और निगार से बोले, 'तो तुम दोनों फ़ैसला कर चुके हो?'

दोनों ने दबी ज़बान में जवाब दिया, 'जी हाँ!' बाबा जी ने सियासत-भरी आँखों से उनको देखा, 'इंसान जब फ़ैसले करता है तो कभी-कभी उनको बदल भी दिया करता है।'

पहली बार बाबा जी की रोब-भरी मौजूदगी में ग़ुलाम अली ने—नहीं, उसकी अल्हड़ और बेबाक जवानी ने—कहा, 'यह फ़ैसला अगर किसी वजह से बदल भी जाय तो भी अपनी जगह पर अटल रहेगा।'

बाबा जी ने अपनी आँखें बन्द कर लीं और जिरह के-से अन्दाज़ में पूछा, 'क्यों?'

हैरत है कि ग़ुलाम अली बिलकुल न घबराया। शायद इस बार निगार से उसे जो सच्ची मुहब्बत थी, वह बोल उठी, 'बाबा जी, हमने हिन्दुस्तान को आज़ादी दिलाने का जो फ़ैसला किया है, मुमकिन है, वक़्त की मजबूरियाँ उसे मुल्तवी करती रहें, मगर जो फ़ैसला है, वह तो अटल है।'

बाबा जी ने, जैसा कि मेरा अब ख़याल है, इस विषय पर बहस करना मुनासिब न समझा, इसलिए वे मुस्करा दिये। उस मुस्कराहट का मतलब भी उनकी तमाम मुस्कराहटों की तरह, हर आदमी ने बिलकुल अलग-अलग समझा। अगर बाबा जी से पूछा जाता तो मुझे यक़ीन है कि वे उसका मतलब हम सबसे एकदम मुख़्तलिफ़ बताते।

ख़ैर—उस हज़ार-पहलू मुस्कराहट को अपने पतले होंठों पर ज़रा और फैलाते हुए, बाबा जी ने निगार से कहा, 'निगार, तुम हमारे आश्रम में आ जाओ—शहज़ादा तो थोड़े ही दिनों में क़ैद हो जायेगा।'

निगार ने बड़ी धीमी आवाज़ में जवाब दिया, 'जी अच्छा।'

इसके बाद, बाबा जी ने शादी की बात बदल कर, जलियाँवालाबाग़ कैम्प की सरगर्मियों का हाल पूछना शुरू कर दिया। बहुत देर तक ग़ुलाम अली, निगार और कमल गिरफ़्तारियों, रिहाइयों, दूध-लस्सी और तरकारियों के बारे में बातें करते रहे और मैं, जो बिलकुल चुग़द बना बैठा था, यह सोचता रहा कि बाबा जी ने शादी की इजाज़त देने में इतनी मीन-मेख क्यों की है? क्या वे ग़ुलाम अली और निगार की मुहब्बत को शक की नज़रों से देखते हैं? क्या उन्हें ग़ुलाम अली की सच्चाई पर

शुबहा है? निगार को उन्होंने आश्रम में आने की दावत क्या इसलिए दी है कि वहाँ रह कर, वह अपने क़ैद होने वाले पति का ग़म भूल जायेगी?...लेकिन बाबा जी के इस सवाल पर, 'कमल, तुम कब शादी कर रही हो?' कमल ने क्यों कहा था कि 'मैं तो आपके आश्रम में जा रही हूँ?'

क्या आश्रम में मर्द-औरत शादी नहीं करते? मेरा दिमाग़ अजीब उलझन में फँसा था। लेकिन उधर ये बातें हो रही थी कि स्वयं-सेविकाएँ क्या पाँच सौ स्वयं-सेवकों के लिए चपातियाँ वक़्त पर तैयार कर देती हैं? चूल्हे कितने हैं? और तवे कितने बड़े हैं? क्या ऐसा नहीं हो सकता कि एक बहुत बड़ा चूल्हा बना लिया जाय और उस पर इतना बड़ा तवा रखा जाय कि छह औरतें एक ही वक़्त में रोटियाँ पका सकें?

मैं यह सोच रहा था पण्डितानी कमल क्या आश्रम में जा कर बाबा जी को बस क़ौमी गीत और भजन ही सुनाया करेगी? मैंने आश्रम के मर्द स्वयं-सेवक देखे थे। हालाँकि वे सब-के-सब वहाँ के क़ायदे के मुताबिक रोज़ 'स्नान' करते थे, सुबह उठ कर दातुन करते थे, बाहर खुली हवा में रहते थे, भजन गाते थे, लेकिन उनके कपड़ों से पसीने की बू फिर भी आती थी। उनमें अक्सर के दाँत बदबूदार थे और खुली हवा में रहने से आदमी पर जो एक ख़ुशनुमा निखार आता है, वह उनमें बिलकुल नदारद था।

झुके-झुके-से, दबे-दबे-से—पीले चेहरे, धँसी हुई आँखें, डरे हुए जिस्म—गाय के निचुड़े हुए थनों की तरह बेहिस और बेजान—मैं इन आश्रम वालों को जलियाँवालाबाग़ में कई बार देख चुका था। अब मैं यह सोच रहा था कि क्या यही मर्द, जिनसे घास की बू आती है, इस पण्डितानी को, जो दूध, शहद और केसर की बनी है, अपनी कीचड़-भरी आँखों से घूरेंगे! क्या यही मर्द, जिनका मुँह इस क़दर बास मारता है, लोबान से लिपटी हुई इस औरत से बातचीत करेंगे?—लेकिन फिर मैंने सोचा कि नहीं, हिन्दुस्तान की आज़ादी शायद इन चीज़ों से ऊपर है।

मैं इस 'शायद' को, देश-भक्ति और आज़ादी के अपने सारे ज़ज़्बे के बावजूद, न समझ सका, क्योंकि मुझे निगार का ख़याल आया, जो बिलकुल मेरे पास बैठी थी और बाबा जी को बता रही थी कि शलजम बहुत देर में गलते हैं—कहाँ शलजम, कहाँ शादी जिसके लिए वह और गुलाम अली इजाज़त लेने आये थे।

मैं निगार और आश्रम के बारे में सोचने लगा। आश्रम मैंने देखा न था, पर मुझे ऐसी जगहों से, जिनको आश्रम, विद्यालय, जमाअत-ख़ाना, तकिया या दर्सगाह कहते हैं, हमेशा से नफ़रत है। जाने क्यों?

मैंने अन्धों के कई स्कूलों और अनाथालयों के लड़कों और उनके प्रबन्धकों को देखा है—सड़क पर क़तार बाँध कर चलते और भीख माँगते हुए। मैंने जमाअत-ख़ाने और दर्सगाहें देखी हैं। टख़नों से ऊँचा, शरई पायजामा; बचपन में ही माथे पर मेहराब;

जो बड़े हैं, उनके चेहरे पर घनी दाढ़ी—जो बड़े हो रहे हैं, उनके गालों और ठोढ़ी पर बड़े ही भद्दे, मोटे और महीन बाल—नमाज़ पढ़ते जा रहे हैं, लेकिन हर एक के चेहरे पर हैवानियत—एक अधूरी हैवानियत—मुसल्ले पर बैठी नज़र आती है।

निगार औरत थी। मुसलमान, हिन्दू, सिक्ख या ईसाई औरत नहीं—वह सिर्फ औरत थी—नहीं, औरत की वह दुआ थी, जो वह अपने से प्रेम करने वाले के लिए या उसके लिए, जिसे वह ख़ुद चाहती है, सच्चे दिल से माँगती है।

मेरी समझ में न आता था कि बाबा जी के आश्रम में, जहाँ हर रोज़ कायदे के मुताबिक दुआ माँगी जाती है, यह औरत, जो ख़ुद एक दुआ है, कैसे अपने हाथ उठा सकेगी?

मैं सोचता हूँ तो बाबा जी, निगार, गुलाम अली, वह सुन्दर पण्डितानी और अमृतसर की सारी फ़िज़ा, जो स्वतन्त्रता-आन्दोलन के रोमान-भरे नशे में लिपटी हुई थी, एक सपना-सी लगती है। ऐसा सपना, जिसे एक बार देखने के बाद जी चाहता है कि फिर देखें।

बाबा जी का आश्रम मैंने अब भी नहीं देखा, पर जो नफ़रत मुझे उससे पहले थी, वह अब भी है। वह जगह, जहाँ कुदरत के ख़िलाफ़ उसूल बना कर, इंसानों को एक लीक पर चलाया जाय, मेरी निगाहों में कोई अहमियत नहीं रखती। आज़ादी हासिल करना बिलकुल ठीक है। उसे हासिल करने के लिए आदमी मर जाय, मैं इसको भी समझ सकता हूँ; लेकिन उसके लिए अगर उस बेचारे को तरकारी की तरह ठण्डा और निरीह बना दिया जाय तो यह मेरी समझ के बिलकुल बाहर की बात है।

झोपड़ी में रहना, आराम के बदले सख़्त काम करना, ख़ुदा की तारीफ़ गाना, क़ौमी नारे लगाना—यह सब ठीक है। पर यह क्या कि इंसान के उस कुदरती ज़ज़्बे को, जिसे सौन्दर्य-प्रेम करते हैं, आहिस्ता-आहिस्ता मुर्दा कर दिया जाय। वह इंसान क्या, जिसमें ख़ूबसूरती और हंगामों की तड़प न रहे। ऐसे आश्रमों, मदरसों, विद्यालयों और मूलियों के खेत में क्या फ़र्क़ है?

देर तक बाबा जी, गुलाम अली और निगार से, जलियाँवालाबाग़ की तमाम सरगर्मियों के बारे में बातें करते रहे। अन्त में उन्होंने उस जोड़े को, जो ज़ाहिर है कि अपने आने का मक़सद भूल नहीं गया था, कहा कि वे दूसरे दिन शाम को जलियाँवालाबाग़ आयेंगे और उन दोनों को मियाँ-बीवी बना देंगे।

गुलाम अली और निगार बड़े ख़ुश हुए। इससे बढ़ कर उनकी ख़ुशकिस्मती और क्या हो सकती थी कि बाबा जी ख़ुद उनके ब्याह की रस्म अदा करेंगे। गुलाम अली, जैसा कि उसने मुझे बहुत बाद में बताया, इतना खुश हुआ था कि फ़ौरन ही उसे इस बात का एहसास होने लगा था कि शायद जो कुछ उसने सुना है, ग़लत है। क्योंकि बाबा जी के पतले, टेढ़े-मेढ़े हाथों की हल्की-सी जुम्बिश भी एक ऐतिहासिक घटना बन जाती थी। इतनी बड़ी हस्ती, एक मामूली आदमी के लिए,

जो महज़ संजोग से कांग्रेस का डिक्टेटर बन गया है, चल कर जलियाँवालाबाग़ जाय और उसकी शादी में दिलचस्पी ले, यह हिन्दुस्तान के सभी अख़बारों के पहले पन्ने की मोटी सुर्ख़ी थी।

गुलाम अली का ख़याल था, बाबा जी नहीं आयेंगे, क्योंकि वे बहुत ज़्यादा व्यस्त रहते हैं। लेकिन उसका ख़याल, जो उसने वास्तव में मनोवैज्ञानिक नज़रिये से सिर्फ़ इसलिए ज़ाहिर किया था कि वे ज़रूर आयें, उसकी इच्छा के मुताबिक, एकदम ग़लत सिद्ध हुआ।

शाम के छह बजे जलियाँवालाबाग़ में, जब रात की रानी की झाड़ियाँ अपनी खुशबू के झोंके फैलाने की तैयारियाँ कर रही थीं और अनेक स्वयं-सेवक दुल्हा-दुल्हन के लिए एक छोटा-सा तम्बू गाड़ कर उसे चमेली, गेंदे और गुलाब के फूलों से सजा रहे थे—बाबा जी, राष्ट्रीय गीत गाने वाली उस पण्डितानी, अपने सेक्रेटरी और लाला हरिराम सर्राफ़ के साथ, लाठी टेकते हुए आये। उनके आने की ख़बर जलियाँवालाबाग़ में सिर्फ़ उसी वक़्त पहुँची, जब सदर फ़ाटक पर लाला हरिराम की मोटर रुकी।

मैं भी वहीं था। स्वयं-सेविकाएँ दूसरे तम्बू में निगार को दुल्हन बना रही थीं। गुलाम अली ने कोई ख़ास तैयारी नहीं की थी। सारा दिन वह शहर के कांग्रेसी बनियों से स्वयं-सेवकों के खाने-पीने की ज़रूरतों के बारे में बातें करता रहा था। इससे छुट्टी पा कर उसने कुछ पलों के लिए निगार से अकेले में कुछ बात-चीत की थी। इसके बाद, जैसा कि मैं जानता हूँ, उसने अपने मातहत अफ़सरों से सिर्फ़ इतना कहा था कि शादी की रस्म अदा होने के साथ ही वह और निगार, दोनों झण्डा ऊँचा करेंगे।

जब गुलाम अली को बाबा जी के आने की ख़बर मिली, वह कुएँ के पास खड़ा था। मैं शायद उसे यह कह रहा था—'गुलाम अली, तुम जानते हो—यह कुआँ, जब गोली चली थी, लाशों से लबालब भर गया था—आज सब इसका पानी पीते हैं—इस बाग़ के जितने फूल हैं, इसी के पानी से सींचे जाते हैं। मगर लोग आते हैं और उन्हें तोड़ कर ले जाते हैं—पानी के किसी घूँट में लहू का नमक नहीं होता; फूल की किसी पत्ती में ख़ून की लाली नहीं होती—यह क्या बात है?' मुझे अच्छी तरह याद है, मैंने यह कह कर अपने सामने, उस मकान की खिड़की की तरफ़ देखा, जिसमें कहा जाता है कि एक नौ-उम्र लड़की बैठी तमाशा देख रही थी और जनरल डायर की गोली का निशाना बन गयी थी। उसकी छाती से निकले हुए ख़ून की लकीर, चूने की पुरानी दीवार पर और भी धुँधली हो रही थी।

अब ख़ून कुछ इतना सस्ता हो गया है कि उसके बहने-बहाने का यह असर ही नहीं होता। मुझे याद है कि जलियाँवालाबाग़ के ख़ूनी कत्ले-आम के छह-सात महीने बाद, जब मैं तीसरी या चौथी क्लास में पढ़ता था, हमारा मास्टर सारी क्लास को एक बार उस बाग़ में ले गया था। उस समय यह बाग़, बाग़ नहीं था—उजाड़,

सुनसान और ऊँची-नीची ज़मीन का एक टुकड़ा था, जिसमें हर क़दम पर मिट्टी के छोटे-बड़े ढेले ठोकरें खाते थे। मुझे याद है, मिट्टी का एक छोटा-सा ढेला, जिस पर जाने पान की पीक के धब्बे या क्या था, हमारे मास्टर ने उठा लिया था और हमसे कहा था—'देखो, इस पर अभी तक हमारे शहीदों का ख़ून लगा है।'

यह कहानी लिख रहा हूँ और याद के पर्दे पर सैकड़ों छोटी-छोटी बातें उभर रही हैं। मगर मुझे तो गुलाम अली और निगार की शादी का क़िस्सा बयान करना है।

गुलाम अली को जब बाबा जी के आने की ख़बर मिली तो उसने दौड़ कर सब स्वयं-सेवक इकट्ठे किये, जिन्होंने फ़ौजी ढंग से उनको सलामी दी। इसके बाद काफ़ी देर तक वे और गुलाम अली कैम्पों का चक्कर लगाते रहे। इस बीच बाबा जी ने, जिनकी विनोद-प्रियता को सभी जानते थे, स्वयं-सेविकाओं और अन्य कार्य-कर्ताओं से बातें करते समय, कई फ़िकरे चुस्त किये।

इधर-उधर मकानों में, जब बत्तियाँ जलने लगीं और जलियाँवालाबाग़ पर धुँधला अँधेरा-सा छा गया तो स्वयं-सेविकाओं ने एक स्वर में भजन गाना शुरू किया। चन्द आवाज़ें सुरीली, बाकी सब बेसुरी थीं, पर उसका इकट्ठा असर बड़ा सुखद था। बाबा जी आँखें बन्द किये सुन रहे थे। क़रीब-क़रीब एक हज़ार आदमी जमा थे, जो चबूतरे के इर्द-गिर्द ज़मीन पर बैठे थे। भजन गाने वाली लड़कियों के अलावा हर कोई चुप था।

भजन पूरा होने पर कुछ देर तक ऐसी ख़ामोशी छायी रही, जो एकदम टूटने के लिए बेचैन हो। चुनांचे जब बाबा जी ने आँखें खोलीं और अपनी मीठी आवाज़ में कहा—'बच्चो, जैसा कि तुम्हें मालूम है, मैं आज यहाँ आज़ादी के दो दीवानों को एक करने आया हूँ'—तो सारा बाग़ ख़ुशी के नारों से गूँज उठा।

निगार, दुल्हन बनी, चबूतरे के एक कोने में सिर झुकाये बैठी थी। खादी की तिरंगी साड़ी में बहुत भली दिख रही थी। बाबा जी ने इशारे से उसे पास बुलाया और गुलाम अली के नज़दीक बैठा दिया। इस पर ख़ुशी के और नारे बुलन्द हुए।

गुलाम अली का चेहरा ग़ैर-मामूली तौर पर तमतमा रहा था। मैंने ध्यान से देखा था, जब उसने निकाह का काग़ज़ अपने दोस्त से ले कर बाबा जी को दिया तो उसका हाथ काँप रहा था। चबूतरे पर एक मौलवी साहब भी मौजूद थे। उन्होंने कुरान की वह आयत पढ़ी, जो ऐसे मौक़ों पर पढ़ा करते हैं। बाबा जी ने आँखें बन्द कर लीं। निकाह की कार्रवाई ख़त्म हुई तो उन्होंने अपने ख़ास अन्दाज़ में दुल्हा-दुल्हन को आशीर्वाद दिया और जब छुहारों की बारिश शुरू हुई तो उन्होंने बच्चों की तरह झपट-झपट कर, दस-पन्द्रह छुहारे इकट्ठे करके अपने पास रख लिये।

निगार की एक हिन्दू सहेली ने शर्मीली मुस्कराहट के साथ एक छोटी-सी डिबिया गुलाम अली को दी और उससे कुछ कहा। गुलाम अली ने डिबिया खोली और निगार की सीधी माँग में सिन्दूर भर दिया। जलियाँवालाबाग़ की ख़ुनक फ़िज़ा

एक बार फिर तालियों की तेज़ आवाज़ से गूँज उठी।

बाबा जी उस शोर में उठे। हुजूम एकदम ख़ामोश हो गया।

रात की रानी और चमेली की मिली-जुली, सोंधी-सोंधी गन्ध शाम की हल्की-फुल्की हवा में तैर रही थी। बड़ा सुहाना समाँ था। बाबा जी की आवाज़ आज और भी मीठी थी। गुलाम अली और निगार की शादी पर अपनी दिली ख़ुशी ज़ाहिर करने के बाद उन्होंने कहा—'ये दोनों बच्चे अब ज़्यादा मुस्तैदी और सच्ची लगन के साथ अपने मुल्क और कौम की सेवा करेंगे, क्योंकि ब्याह का सही मक़सद, मर्द और औरत की सच्ची दोस्ती है। एक-दूसरे के दोस्त बन कर, गुलाम अली और निगार, एक-जान हो कर, स्वराज के लिए कोशिश कर सकते हैं। यूरोप में ऐसी कई शादियाँ हुई हैं, जिनका मतलब दोस्ती और सिर्फ़ दोस्ती होता है। ऐसे लोग इज़्ज़त के काबिल हैं, जो अपनी ज़िन्दगी से काम-वासना निकाल फेंकते हैं।'

बाबा ज़ी देर तक ब्याह के बारे में अपने विचार प्रकट करते रहे। उनका विश्वास था कि शादी का सही मज़ा, सिर्फ़ उसी समय हासिल होता है, जब मर्द-औरत का रिश्ता महज़ जिस्मानी न हो। औरत और मर्द का शारीरिक सम्बन्ध उनके निकट उतना महत्त्वपूर्ण नहीं था, जितना कि आम तौर पर समझा जाता है। हज़ारों आदमी खाते हैं—अपनी जीभ के स्वाद के लिए। लेकिन इसका यह मतलब नहीं कि ऐसा करना आदमी का फ़र्ज़ है! बहुत कम लोग ऐसे हैं, जो खाते हैं सिर्फ़ ज़िन्दा रहने के लिए। असल में सिर्फ़ यही लोग हैं, जो खाने-पीने का सही कायदा जानते हैं। इसी तरह वे लोग, जो सिर्फ़ इसलिए शादी करते हैं कि उन्हें ब्याह की पवित्र भावना की हक़ीक़त और इस रिश्ते की पवित्रता का पता चले, सही तौर पर दाम्पत्य जीवन का आनन्द लेते हैं।

बाबा जी ने अपने इस विश्वास को कुछ ऐसे समझा कर, मन को छूने वाली कोमल भावनाओं के सहारे, बयान किया कि सुनने वालों के लिए एक बिलकुल नयी दुनिया के दरवाज़े खुल गये। मैं ख़ुद बड़ा प्रभावित हुआ। गुलाम अली, जो मेरे सामने बैठा था, बाबा जी के भाषण के एक-एक शब्द को जैसे पी रहा था। बाबा जी ने जब बोलना बन्द किया तो उसने निगार से कुछ कहा। इसके बाद उठ कर उसने काँपती हुई आवाज़ में यह ऐलान किया: 'मेरी और निगार की शादी इसी क़िस्म की आदर्श शादी होगी; जब तक हिन्दुस्तान को स्वराज नहीं मिलता, मेरा और निगार का रिश्ता बिलकुल दोस्तों-जैसा होगा।'

जलियाँवालाबाग़ की ख़ुनक फ़िज़ा देर तक तालियों के बेपनाह शोर से गूँजती रही। शहज़ादा गुलाम अली भावुक हो गया। उसके कश्मीरी चेहरे पर लाली दौड़ने लगी। भावनाओं के तूफ़ान में उसने निगार को ऊँचे स्वर में पुकारा—'निगार! तुम एक गुलाम बच्चे की माँ बनो—क्या यह तुम्हें गवारा होगा?' निगार, जो कुछ शादी होने की वजह से और कुछ बाबा जी की तकरीर सुन कर बौखलायी हुई-सी थी,

यह कड़क सुन कर और भी बौखला गयी। सिर्फ इतना कह सकी—'जी...जी नहीं।'

हुजूम ने फिर तालियाँ पीटीं और गुलाम अली और भी ज़्यादा भावुक हो गया। निगार को गुलाम बच्चे की शर्मिन्दगी से बचा कर वह इतना ख़ुश हुआ कि बहक गया और असली बात से हट कर, आज़ादी हासिल करने की पेचदार गलियों में जा निकला। एक घण्टे तक वह भावुकता-भरे स्वर में बोलता रहा। अचानक उसकी नज़र निगार पर पड़ी। जाने क्या हुआ—एकदम उसकी बोलने की कूवत जवाब दे गयी। जैसे आदमी शराब के नशे में, बिना किसी हिसाब के, नोट निकालता जाय और एकदम बटुवा ख़ाली पाये, वैसे ही अपनी तकरीर का बटुआ ख़ाली पा कर गुलाम अली को बड़ी उलझन हुई, लेकिन उसने फ़ौरन ही बाबा जी की तरफ़ देखा और झुक कर कहा, 'बाबा जी! हम दोनों को आपका आशीर्वाद चाहिए कि जिस बात का फ़ैसला हमने किया है, उस पर पूरे रहें।'

दूसरे दिन सुबह छह बजे शहज़ादा गुलाम अली को गिरफ़्तार कर लिया गया, क्योंकि उस भाषण में, जो उसने स्वराज मिलने तक बच्चा पैदा न करने की क़सम खाने के बाद दिया था, अंग्रेज़ों का तख़्ता उलटने की धमकी भी थी।

गिरफ़्तार होने के चन्द रोज़ बाद गुलाम अली को आठ महीने की क़ैद हुई और उसे मुलतान जेल भेज दिया गया। वह अमृतसर का इकतालिसवाँ डिक्टेटर था और शायद चालीस हज़ारवाँ राजनीतिक बन्दी! क्योंकि जहाँ तक मुझे याद है, उस आन्दोलन में क़ैद होने वाले लोगों की तादाद अख़बारों ने चालीस हज़ार ही बतायी थी।

आम ख़याल था कि आज़ादी की मंज़िल अब सिर्फ़ दो हाथ ही दूर है। लेकिन फ़िरंगी कूटनीतिज्ञों ने उस आन्दोलन का दूध उबलने दिया और जब हिन्दुस्तान के बड़े नेताओं के साथ कोई समझौता हुआ तो यह आन्दोलन, ठण्डी लस्सी में बदल गया!

आज़ादी के दीवाने जेलों से बाहर निकले तो क़ैद की तकलीफ़ें भूलने और अपने बिगड़े हुए कारोबार सँभालने में लग गये। शहज़ादा गुलाम अली सात महीने के बाद ही बाहर आ गया था। हालाँकि उस समय पहले-सा जोश नहीं था, फिर भी अमृतसर के स्टेशन पर लोगों ने उसका स्वागत किया; उसके सम्मान में तीन-चार दावतें और जलसे भी हुए। मैं उन सब में शामिल था। पर ये महफ़िलें बिलकुल फीकी थीं। लोगों पर अब एक अजीब क़िस्म की थकान छायी हुई थी, जैसे एक लम्बी दौड़ में दौड़ने वालों से अचानक कह दिया गया था कि ठहरो, यह दौड़ फिर से शुरू होगी। और अब जैसे ये दौड़ने वाले, कुछ देर हाँफने के बाद, दौड़ शुरू होने वाली जगह की तरफ़ बड़ी बेदिली से लौट रहे थे।

कई बरस बीत गये। यह बेरस थकान हिन्दुस्तान से दूर न हुई। मेरी दुनिया में कई छोटे-मोटे इन्कलाब आये। दाढ़ी-मूँछ उगी। कॉलेज में भरती हुआ। एफ़.ए. में दोबारा फ़ेल हुआ। पिता का देहान्त हो गया। रोज़ी की तलाश में इधर-उधर

परेशान हुआ। एक थर्ड क्लास अख़बार में अनुवादक की हैसियत से नौकरी की; यहाँ से जी घबराया तो एक बार फिर तालीम हासिल करने का ख़याल आया। अलीगढ़ युनिवर्सिटी में दाख़िल हुआ और तीन महीने बाद ही टी.बी. का मरीज़ हो कर कश्मीर के देहातों में आवारागर्दी करता रहा। वहाँ से लौट कर बम्बई का रुख़ किया। यहाँ दो बरस में तीन हिन्दू-मुस्लिम दंगे देखे। जी घबराया तो दिल्ली चला गया। वहाँ बम्बई के मुक़ाबिले में हर चीज़ सुस्त रफ़्तार देखी। कहीं हरकत नज़र आयी भी तो उसमें एक ज़नानापन महसूस हुआ। आख़िर यही सोचा कि बम्बई अच्छा है। क्या हुआ, जो साथ वाले पड़ोसी को हमारा नाम तक पूछने की फ़ुर्सत नहीं; जहाँ लोगों को फ़ुर्सत होती है, वहाँ छल-कपट और चालबाज़ी ज़्यादा होती है। चुनांचे दिल्ली में दो बरस ठण्डी ज़िन्दगी बिताने के बाद सदा रफ़्तार में रहने वाली बम्बई चला आया। घर से निकले अब आठ बरस हो चले थे। दोस्त-अहबाब और अमृतसर की सड़कें-गलियाँ किस हालत में हैं, इसका मुझे कुछ पता नहीं था। किसी से ख़तो-किताबत ही नहीं थी, जो पता चलता। दरअसल मुझे उन आठ बरसों में अपने अतीत की ओर से कुछ बेपरवाही-सी हो गयी थी—कौन बीते हुए दिनों के बारे गें सोचे? जो आठ बरस पहले ख़र्च हो चुका है, उसका अब हिसाब करने से फ़ायदा? ज़िन्दगी के रुपये में वही पायी ज़्यादा अहम है, जिसे तुम आज ख़र्च करना चाहते हो या जिस पर कल किसी की आँख है।

आज से छह बरस पहले की बात कर रहा हूँ, जब ज़िन्दगी के रुपये और चाँदी के रुपये से, जिस पर बादशाह सलामत की छाप होती थी, पायी ख़र्च नहीं हुई थी। मैं इतना ज्यादा ग़रीब नहीं था, क्योंकि फ़ोर्ट में अपने लिए एक कीमती शू ख़रीदने जा रहा था।

'आर्मी एण्ड नेवी स्टोर' के इस तरफ़ हॉर्नबी रोड पर जूतों की एक दुकान है, जिसकी नुमायशी अलमारियाँ मुझे बहुत देर से अपनी तरफ़ खींच रही थीं। मेरी याददाश्त बहुत कमज़ोर है, चुनांचे यह दुकान ढूँढने में काफ़ी समय लग गया। यूँ तो मैं अपने लिए एक कीमती शू ख़रीदने आया था, पर जैसी कि मेरी आदत है, दूसरी दुकानों में सजी हुई चीज़ें देखने लगा। एक स्टोर में सिगरेट केस देखे, दूसरे में पाइप। इसी तरह फ़ुटपाथ पर टहलता-टहलता, जूतों की एक छोटी-सी दुकान के पास आया और उसके अन्दर चला गया कि चलो, यहीं से ख़रीद लेते हैं। दुकानदार ने गर्मजोशी से मेरा स्वागत किया और पूछा—'क्या माँगता है साब?'

मैंने थोड़ी देर याद किया। कि मुझे क्या चाहिए, 'हाँ—क्रेप सोल शू!'

'इदर नहीं रखता हम।'

बारिशें क़रीब थीं। मैंने सोचा, गम-बूट ही ख़रीद लूँ—'गम-बूट निकालो!'

'बाज़ू वाले की दुकान से मिलेगा। रबड़ का कोई चीज़ हम इदर नहीं रखता।'

मैंने ऐसे ही पूछा, 'क्यों?'

‘सेठ का मर्ज़ी।’

यह मुख़्तसर लेकिन एकदम पूरा जवाब सुन कर मैं दुकान से बाहर निकलने ही वाला था कि एक ख़ुश-पोश आदमी पर मेरी नज़र पड़ी, जो बाहर फ़ुटपाथ पर एक बच्चा गोद में उठाये, फल वाले से सन्तरा ख़रीद रहा था। मैं बाहर निकला और वह दुकान की तरफ़ मुड़ा—‘अरे...गुलाम अली!’

‘सआदत!’ यह कह कर, उसने बच्चे-सहित मुझे अपनी छाती के साथ भींच लिया। बच्चे को यह हरकत बुरी लगी और उसने रोना शुरू कर दिया। गुलाम अली ने उस आदमी को बुलाया, जिसने मुझसे कहा था कि ‘रबड़ की कोई चीज़ इदर हम नहीं रखता,’ और उसे बच्चा दे कर कहा, ‘जाओ, इसे घर ले जाओ!’ फिर वह मेरी तरफ़ मुड़ा, ‘कितने दिनों के बाद हम एक-दूसरे से मिले हैं।’

मैंने गुलाम अली के चेहरे की तरफ़ ग़ौर से देखा—वह अकड़, वह हल्का-सा गुण्डापन, जो उसकी ख़ास अपनी शान थी, अब कहीं न था। मेरे सामने आग-भरे भाषण देने वाले खद्दर-धारी नौजवान की जगह, एक घरेलू क़िस्म का आम इंसान खड़ा था—मुझे उसका वह आख़िरी भाषण याद आया, जब उसने जलियाँवालाबाग़ की ख़ुनक फ़िज़ा को इन गर्म शब्दों से कँपकँपा दिया था—‘निगार, तुम एक गुलाम बच्चे की माँ बनो, क्या तुम्हें यह गवारा होगा?’ फ़ौरन ही मुझे उस बच्चे का ख़याल आया, जो गुलाम अली की गोद में था।

मैंने उससे पूछा—‘यह बच्चा किसका है?’

गुलाम अली ने बिना किसी झिझक के, जवाब दिया—‘मेरा। इससे बड़ा एक और भी है—कहो, तुमने कितने पैदा किये?’ एक लम्हे के लिए मुझे लगा, जैसे गुलाम अली की बजाय कोई और बोल रहा है। मेरे दिमाग़ में सैकड़ों ख़याल परत-दर-परत गिरते गये। क्या गुलाम अली अपनी क़सम बिलकुल भूल चुका है? क्या इसकी सियासी ज़िन्दगी, इससे बिलकुल अलग हो चुकी है? हिन्दुस्तान को आज़ादी दिलाने का वह जोश, वह वलवला कहाँ गया? उस दाढ़ी-मूँछ-रहित ललकार का क्या हुआ?... निगार कहाँ थी?... क्या उसने दो गुलाम बच्चों की माँ बनना मंजूर कर लिया... शायद वह मर चुकी हो। हो सकता है, गुलाम अली ने दूसरी शादी कर ली हो।

‘क्या सोच रहे हो?...कुछ बातें करो। इतनी देर के बाद मिले हैं!’ गुलाम अली ने मेरे कन्धे पर ज़ोर से हाथ मारा। मैं शायद ख़ामोश हो गया था। एकदम चौंका और एक लम्बी ‘हाँ’ करके सोचने लगा कि बात कैसे करूँ। लेकिन गुलाम अली ने मेरा इन्तज़ार न किया और बोलना शुरू किया, ‘यह दुकान मेरी है। दो बरस से मैं यहाँ बम्बई में हूँ। बड़ा अच्छा कारोबार चल रहा है। महीने में तीन-चार सौ बच जाते हैं। तुम क्या कर रहे हो? सुना है कि बहुत बड़े अफ़साना-निगार बन गये हो। याद है, हम एक दफ़ा यहाँ भाग के आये थे...लेकिन यार, अजीब बात है।

उस बम्बई में और इस बम्बई में बड़ा फ़र्क़ महसूस होता है। ऐसा लगता है, वह छोटी थी और यह बड़ी है।'

इतने में एक गाहक आया, जिसे टेनिश-शू चाहिए था। गुलाम अली ने उससे कहा, 'रबड़ का माल इधर नहीं मिलता, बाज़ू की दुकान में चले जाइए!'

गाहक चला गया तो मैंने गुलाम अली से पूछा, 'रबड़ का माल तुम क्यों नहीं रखते? मैं भी यहाँ क्रेप सोल शू लेने आया था।'

यह सवाल मैंने यूँ ही किया था, लेकिन गुलाम अली का चेहरा एकदम बेरौनक हो गया। धीमी आवाज़ में उसने सिर्फ़ इतना कहा, 'मुझे पसन्द नहीं।'

'क्या पसन्द नहीं?'

'यही रबड़... रबड़ की बनी हुई चीज़ें।' यह कह कर, उसने मुस्कराने की कोशिश की। जब नाकाम रहा तो उसने ज़ोर से एक सूखा-सा ठहाका लगाया, 'मैं तुम्हें बताऊँगा। है तो बिलकुल वाहियात-सी चीज़, लेकिन...लेकिन मेरी ज़िन्दगी से इसका बहुत गहरा ताल्लुक है।'

चिन्ता की गहराई गुलाम अली के चेहरे पर पैदा हुई। उसकी आँखें, जिनमें अभी तक खिलन्डरापन मौजूद था, पल भर को धुँधली हुईं, लेकिन फिर चमक उठीं, 'बकवास थी यार वह ज़िन्दगी...सच कहता हूँ सआदत, मैं वे दिन बिलकुल भूल चुका हूँ, जब मेरे दिमाग़ पर लीडरी सवार थी। चार-पाँच बरस से अब बड़े सुकून में हूँ। बीवी है, बच्चे हैं, अल्लाह का बड़ा फ़ज़लो-करम है।'

अल्लाह के फ़ज़लो-करम के असर में, गुलाम अली ने बिज़नेस का ज़िक्र शुरू कर दिया कि कितनी पूँजी से उसने काम शुरू किया था; एक बरस में कितना फ़ायदा हुआ; अब बैंक में उसका कितना रुपया है। मैंने उसे बीच में टोका और कहा, 'लेकिन तुमने किसी वाहियात चीज़ का ज़िक्र किया था, जिसका तुम्हारी ज़िन्दगी से गहरा ताल्लुक है।'

एक बार फिर गुलाम अली का चेहरा बेरौनक हो गया। उसने एक लम्बी 'हाँ' की और जवाब दिया, 'गहरा ताल्लुक था--शुक्र है कि अब नहीं है... लेकिन मुझे सारी दास्तान सुनानी पड़ेगी।'

इतने में उसका नौकर आ गया। दुकान उसको सुपुर्द करके, वह मुझे अन्दर अपने कमरे में ले गया, जहाँ बैठ कर, उसने इत्मीनान से बताया कि उसे रबड़ की चीज़ों से क्यों नफ़रत पैदा हुई।

'मेरी सियासी ज़िन्दगी कैसे शुरू हुई, इसके बारे में तुम अच्छी तरह जानते हो। मेरा कैरेक्टर कैसा था, यह भी तुम्हें मालूम है। हम दोनों क़रीब-क़रीब एक-जैसे ही थे। मेरा मतलब है, किसी से हमारे माँ-बाप फ़ख़्र से नहीं कह सकते थे कि हमारे लड़के बे-ऐब हैं। मालूम नहीं, मैं तुमसे यह क्यों कह रहा हूँ, लेकिन शायद तुम समझ गये हो कि मैं कोई मज़बूत कैरेक्टर का मालिक नहीं था। मुझे

शौक था कि मैं कुछ करूँ! सियासत से मुझे इसीलिए दिलचस्पी पैदा हुई थी। लेकिन मैं ख़ुदा की क़सम खा कर कहता हूँ कि मैं झूठा नहीं था। वतन के लिए मैं जान भी दे देता। अब भी हाज़िर हूँ। लेकिन मैं समझता हूँ...सोच-विचार के बाद इस नतीजे पर पहुँचा हूँ कि हिन्दुस्तान की सियासत, उसके लीडर–सब बच्चे हैं, बिलकुल उसी तरह, जिस तरह मैं था। एक लहर उठती है, उसमें जोश, ज़ोर, शोर–सभी होता है, लेकिन फ़ौरन बैठ जाती है। इसकी वजह, जहाँ तक मेरा ख़याल है, यह है कि लहर पैदा की जाती है, ख़ुद-ब-ख़ुद नहीं उठती–लेकिन मैं शायद तुम्हें अच्छी तरह समझा नहीं सका।'

गुलाम अली के विचारों में बड़ा उलझाव था, मैंने उसे एक सिगरेट दिया। उसे सुलगा कर, उसने ज़ोर से तीन कश लिए और कहा, 'तुम्हारा क्या ख़याल है, क्या हिन्दुस्तान की हर कोशिश, जो उसने आज़ादी हासिल करने के लिए की है, ग़ैर-कुदरती नहीं? कोशिश नहीं–मेरा मतलब है, उसका अंजाम क्या हर बार ग़ैर-क़ुदरती नहीं होता रहा? हमें क्यों आज़ादी नहीं मिलती? क्या हम सब नामर्द हैं? नहीं। हम सब मर्द हैं, लेकिन हम ऐसे माहौल में हैं कि हमारी कूवत का हाथ आज़ादी तक पहुँचने ही नहीं पाता।'

मैंने उससे पूछा, 'तुम्हारा मतलब है कि आज़ादी और हमारे बीच कोई चीज़ रुकावट बन गयी है?'

गुलाम अली की आँखें चमक उठीं, 'बिलकुल! लेकिन यह कोई पक्की दीवार नहीं है, कोई ठोस चट्टान नहीं है–एक पतली-सी झिल्ली है–हमारी अपनी सियासत की। हमारी बनावटी ज़िन्दगी की–जहाँ लोग, दूसरों को धोखा देने के अलावा, अपने आप से भी फ़रेब करते हैं।'

उसके ख़यालात बदस्तूर उलझे हुए थे। मेरा ख़याल है, वह अपने पिछले तजरुबों को अपने दिमाग़ में ताज़ा कर रहा था। सिगरेट बुझा कर उसने मेरी तरफ़ देखा और ऊँची आवाज़ में कहा, 'इंसान जैसा है, उसे वैसा ही रहना चाहिए। नेक काम करने के लिए, क्या यह ज़रूरी है कि इंसान अपना सिर मुँड़ाये, गेरुए कपड़े पहने या बदन पर राख मले। तुम कहोगे, यह उसकी मर्ज़ी है। लेकिन मैं कहता हूँ, उसकी इस मर्ज़ी से ही, उसकी इस निराली चीज़ से ही, गुमराही फैलती है। ये लोग ऊँचे हो कर, इंसान के स्वभाव की कुदरती कमज़ोरियों से ग़ाफ़िल हो जाते हैं। बिलकुल भूल जाते हैं कि उनके कैरेक्टर, उनके ख़यालात और अक़ीदे तो हवा में घुल-मिल जायेंगे। लेकिन उनके मुँड़े हुए सिर, उनके बदन की राख और उनके गेरुए कपड़े–भोले-भाले इंसानों के दिमाग़ में रह जायेंगे।'

गुलाम अली और भी जोश में आ गया, 'दुनिया में इतने सुधारक पैदा हुए हैं, उन की तालीम तो लोग भूल चुके हैं, लेकिन सलीबें, धागे, दाढ़ियाँ, कड़े और बग़लों के बाल रह गये हैं–एक हज़ार बरस पहले जो लोग यहाँ बसते थे, हम उनसे

ज़्यादा तजरुबेकार हैं। मेरी समझ में नहीं आता, आज के सुधारक क्यों यह ख़याल नहीं करते कि वे इंसान की सूरत बिगाड़ रहे हैं। जी में कई बार आता है, बुलन्द आवाज़ में चिल्लाना शुरू कर दूँ ख़ुदा के लिए इंसान को इंसान रहने दो। उसकी सूरत को तुम बिगाड़ चुके हो, ठीक है; अब उसके हाल पर रहम करो—तुम उसको ख़ुदा बनाने की कोशिश करते हो, लेकिन वह ग़रीब अपनी इंसानियत भी खो रहा है...सआदत! मैं ख़ुदा की क़सम खा कर कहता हूँ, यह मेरे दिल की आवाज़ है। मैंने जो महसूस किया है, वही कह रहा हूँ। अगर यह ग़लत है तो फिर कोई भी चीज़ दुरुस्त और सही नहीं है—मैंने दो बरस, पूरे दो बरस, दिमाग़ के साथ कई कुश्तियाँ लड़ी हैं। मैंने अपने दिल, अपने ज़मीर, अपने जिस्म, अपने रोंए-रोंए से बहस की है, मगर इसी नतीज़े पर पहुँचा हूँ कि इंसान को इंसान ही रहना चाहिए। नफ़्स हज़ारों में एक-दो आदमी मारें। सबने अपना नफ़्स मार लिया तो मैं पूछता हूँ यह क़ुश्ता किसके काम आयेगा?'

यहाँ तक कह कर उसने एक और सिगरेट लिया और उसे सुलगाने में सारी तीली जला कर, गर्दन को एक हल्का-सा झटका दिया, 'कुछ नहीं सआदत, तुम नहीं जानते, मैंने कितनी रूहानी और जिस्मानी तकलीफ़ उठायी है। लेकिन फ़ितरत के ख़िलाफ़ जो भी क़दम उठायेगा, उसे तकलीफ़ बरदाश्त करनी ही होगी।...मैंने उस दिन...तुम्हें याद होगा वह दिन...जलियाँवालाबाग़ में इस बात का ऐलान करके कि निगार और मैं, गुलाम बच्चे पैदा नहीं करेंगे, एक अजीब तरह की, बिजली की-सी खुशी महसूस की थी—मुझे ऐसा लगा था कि इस ऐलान के बाद मेरा सिर ऊँचा हो कर आसमान के साथ जा लगा है। लेकिन जेल से वापस आने के बाद मुझे आहिस्ता-आहिस्ता इस बात का तकलीफ़देह—बेहद तकलीफ़देह एहसास होने लगा कि मैंने अपने जिस्म का, अपनी रूह का, एक बहुत ही ज़रूरी बिकार कर लिया है...अपने हाथों से अपनी ज़िन्दगी के बाग़ का सबसे हसीन फूल मसल डाला है।...शुरू-शुरू में इस ख़याल से मुझे एक अजीब किस्म का, तसल्ली देने वाला, फ़ख्र महसूस होता रहा कि मैंने ऐसा काम किया है, जो दूसरों से नहीं हो सकता। लेकिन धीरे-धीरे, जब मेरे शऊर के मसाम खुलने लगे तो हक़ीक़त अपनी तमाम तल्ख़ियों-समेत मेरे रगो-रेशे में रचने लगी...जेल से वापस आने पर मैं निगार से मिला...हस्पताल छोड़ कर, वह बाबा जी के आश्रम में चली गयी थी ...सात महीने की क़ैद के बाद, जब मैं उससे मिला तो उसकी बदली हुई रंगत, उसकी बदली हुई दिमाग़ी और जिस्मानी हालत देख कर, मैंने ख़याल किया कि शायद मेरी नज़रों ने धोखा खाया है। 'लेकिन एक बरस गुज़रने के बाद—एक बरस उसके साथ—' गुलाम अली के होंठों पर एक ज़ख्मी मुस्कराहट पैदा हुई—'हाँ, एक बरस उसके साथ रहने के बाद, मुझे मालूम हुआ कि उसका ग़म भी वही है, जो मेरा था।...लेकिन न वह मुझ पर ज़ाहिर करना चाहती थी और न मैं उस पर

ज़ाहिर करना चाहता था...हम दोनों अपने फ़ैसले की ज़ंजीरों में जकड़े हुए थे... एक बरस में सियासी जोश आहिस्ता-आहिस्ता ठण्डा हो चुका था। खादी के लिबास और तिरंगे झण्डे में अब वह पहले की-सी कशिश बाक़ी न रही थी... इन्कलाब ज़िन्दाबाद का नारा अगर कभी बुलन्द होता भी था तो उसमें वह शान नज़र न आती थी...जलियाँवालाबाग़ में एक तम्बू भी नहीं था...पुराने कैम्पों के खूँटे कहीं-कहीं गड़े नज़र आते थे...ख़ून से सियासत की गर्मी क़रीब-क़रीब निकल चुकी थी...मैं अब ज़्यादा वक़्त घर ही में रहता था, अपनी बीवी के पास...'

एक बार फिर गुलाम अली के होंठों पर वही ज़ख्मी मुस्कराहट पैदा हुई और वह कुछ कहते-कहते ख़ामोश हो गया। मैं भी चुप रहा, क्योंकि मैं उसके ख़यालों की तरतीब तोड़ना न चाहता था।

चन्द लम्हों के बाद, उसने अपने माथे का पसीना पोंछा और सिगरेट बुझा कर कहने लगा, 'हम दोनों एक अजीब क़िस्म की लानत में गिरफ़्तार थे। निगार से मुझे जितनी मुहब्बत है, तुम उसे जानते हो...मैं सोचने लगा—यह मुहब्बत क्या है?...मैं उसको हाथ लगाता हूँ तो उसके जिस्म में जो कँपकँपाहट पैदा होती है, क्यों उसे उसकी आख़िरी हद तक नहीं पहुँचने देता?...मैं क्यों डरता हूँ कि मुझसे कोई गुनाह हो जायेगा? मुझे निगार की आँखें बहुत पसन्द हैं। एक रोज़, जबकि शायद मैं बिलकुल सही हालत में था, मेरा मतलब है, जैसा कि हर इंसान को होना चाहिए था, मैंने उन्हें चूम लिया, वह मेरी बाँहों में थी—यूँ कहो कि एक कँपकँपी थी, जो मेरी बाँहों में थी। क़रीब था कि मेरी रूह अपने पंख फड़फड़ाती हुई, ऊँचे आसमान की तरफ़ उड़ जाय कि मैंने...कि मैंने उसे पकड़ लिया और क़ैद कर लिया...उसके बाद, बहुत देर तक...कई दिनों तक अपने आपको यक़ीन दिलाने की कोशिश की कि मेरे इस फ़ेल[3] से, मेरे इस बहादुराना कारनामे से, मेरी रूह को ऐसी लज़्ज़त मिली है, जिससे बहुत कम इंसान वाक़िफ़ हैं...लेकिन सचाई यह है कि मैं इसमें नाकाम रहा और इस नाकामी ने, जिसे मैं एक बहुत बड़ी कामयाबी समझना चाहता था—ख़ुदा की क़सम, यह मेरी दिली ख्वाहिश थी कि मैं ऐसा समझूँ—मुझे दुनिया का सबसे ज़्यादा दुखी इंसान बना दिया...लेकिन जैसा कि तुम जानते हो, इंसान हीले-बहाने तलाश कर लेता है—मैंने भी एक रास्ता निकाल लिया। हम दोनों सूख रहे थे...अन्दर-ही-अन्दर हमारी तमाम लताफ़तों पर पपड़ी जम रही थी, कितनी बड़ी ट्रैजिडी है कि हम दोनों एक-दूसरे के लिए पराये बन रहे थे—मैंने सोचा—बहुत दिनों के सोच-विचार के बाद—हम अपने अहद पर क़ायम रह कर भी...मेरा मतलब है, निगार गुलाम बच्चे पैदा नहीं करेगी...'

यह कहते हुए, उसके होंठों पर तीसरी बार, वही ज़ख्मी मुस्कराहट पैदा हुई, लेकिन फ़ौरन ही वह एक ऊँचे ठहाके में बदल गयी, जिसमें तकलीफ़देह एहसास की चुभन नुमायाँ थी। फिर फ़ौरन ही संजीदा हो कर वह कहने लगा—'हमारी

शादी-शुदा ज़िन्दगी का यह अजीब दौर शुरू हुआ। अन्धे को जैसे एक आँख मिल गयी। मैं एकदम देखने लगा। लेकिन यह जोत थोड़ी देर के बाद धुँधली होने लगी। पहले-पहल तो यही ख़याल था...' गुलाम अली ठीक शब्द तलाश करने लगा ...'पहलेपहल तो हम ठीक-ठीक थे। मेरा मतलब है, शुरू-शुरू में हमें इसका बिलकुल ख़याल नहीं था कि थोड़ी ही देर के बाद हम बेचैन हो जायेंगे...यानी एक आँख माँग करने लगी कि दूसरी आँख भी हो...शुरू में हम दोनों ने महसूस किया था, जैसे हम तन्दुरुस्त हो रहे हैं, हमारी तन्दुरुस्ती बढ़ रही है...निगार का चेहरा निखर गया था, उसकी आँखों में चमक पैदा हो गयी थी। मेरे अंगों से भी वह सूखा-सा तनाव दूर हो गया, जो पहले मुझे तकलीफ़ दिया करता था। लेकिन धीरे-धीरे, फिर हम दोनों पर अजीब-सी मुर्दनी छाने लगी...एक ही बरस में हम दोनों रबड़ के पुतले-से बन गये...मेरा एहसास ज़्यादा तीखा था...तुम यक़ीन नहीं करोगे, लेकिन ख़ुदा की क़सम, उस वक़्त, जब मैं बाज़ू का गोश्त चुटकी में लेता तो बिलकुल रबड़ मालूम होता। ऐसा लगता था कि अन्दर ख़ून की नसें नहीं हैं। निगार की हालत, जहाँ तक मेरा ख़याल है, मुझसे अलग थी। उसके सोचने का ढंग और था। वह माँ बनना चाहती थी। गली में जब भी किसी के यहाँ कोई बच्चा पैदा होता तो उसे बहुत-सी आहें छिप-छिप कर, अपने सीने के अन्दर दबानी पड़ती थीं। लेकिन मुझे बच्चों का कोई ख़याल नहीं था। बच्चे न हुए तो क्या है? दुनिया में लाखों इंसान मौजूद हैं, जिनके यहाँ औलाद नहीं होती। यह कितनी बड़ी बात है कि मैं अपने अहद पर क़ायम हूँ? इससे तस्कीन तो काफ़ी हो जाती थी, मगर मेरे दिमाग़ पर जब रबड़ का महीन-महीन जाला तनने लगा तो मेरी घबराहट बढ़ गयी...मैं हर वक़्त सोचने लगा और इसका नतीजा यह हुआ कि मेरे दिमाग़ के साथ रबड़ की छूत चिमट गयी। रोटी खाता तो लुकमे दाँतों के नीचे कचकचाने लगते।' यह कहते हुए गुलाम अली को फुरहरी आ गयी, 'बहुत ही वाहियात और ग़लत चीज़ थी...उँगलियों में हर वक़्त जैसे साबुन-सा लगा है...मुझे अपने से नफ़रत हो गयी। ऐसा लगता था कि मेरी रूह का सारा रस निचुड़ गया है और एक छिलका-सा बाकी रह गया है, इस्तेमाल किया गया—इस्तेमाल किया हुआ... ।'

गुलाम अली हँसने लगा...'शुक्र है कि वह लानत दूर हुई; लेकिन सआदत, किन तकलीफ़ों के बाद...ज़िन्दगी बिलकुल सूखे हुए छीछड़े-सी हो गयी थी। सारी हिसें, मुर्दा हो गयी थीं, लेकिन छूने की हिस ग़ैर-क़ुदरती हद तक तेज़ हो गयी थी. ..तेज़ नहीं...उसका सिर्फ़ एक रुख़ हो गया था...लकड़ी में, शीशे में, लोहे में, काग़ज़ में, पत्थर में—हर जगह, रबड़ की वह मुर्दा, उबकाई-भरी मुलायमी।...यह तकलीफ़ और भी गहरी हो जाती, जब मैं उसकी वजह का ख़याल करता...मैं दो उँगलियों से उस लानत को उठा कर फेंक सकता था, लेकिन मुझे में इतनी हिम्मत नहीं थी। मैं चाहता था, मुझे कोई सहारा मिल जाय। गहरी तकलीफ़ के इस

समन्दर में मुझे एक छोटा-सा तिनका मिल जाय, जिसकी मदद से मैं किनारे लग जाऊँ...बहुत देर तक मैं हाथ-पाँव मारता रहा। लेकिन एक दिन, जब मैं कोठे पर धूप में एक मज़हबी किताब पढ़ रहा था, पढ़ क्या रहा था, ऐसे ही सरसरी नज़र से देख रहा था कि अचानक मेरी नज़र एक हदीस पर पड़ी। मैं ख़ुशी से उछल पड़ा। सहारा मेरी आँखों के सामने मौजूद था। मैंने बार-बार वे सतरें पढ़ीं, मेरी सूखी ज़िन्दगी जैसे सैराब होने लगी...लिखा था कि शादी के बाद मियाँ-बीवी के लिए बच्चे पैदा करने लाज़िम हैं...सिर्फ़ उसी हालत में उनकी पैदायश रोकने की इजाज़त है, जब माँ-बाप की ज़िन्दगी ख़तरे में हो...मैंने दो उँगलियों से उस लानत को उठाया और एक तरफ़ फेंक दिया।'

यह कह कर वह बच्चों की तरह मुस्कराने लगा। मैं भी मुस्करा दिया, क्योंकि उसने दो उँगलियों से सिगरेट का टुकड़ा उठा कर, एक तरफ़ यूँ फेंका था, जैसे वह कोई बेहद घिनौनी चीज़ हो।

मुस्कराते-मुस्कराते गुलाम अली सहसा गम्भीर हो गया, 'मुझे मालूम है सआदत—मैंने जो कुछ तुम से कहा है, तुम उसकी कहानी बना दोगे। लेकिन देखो, मेरा मज़ाक़ न उड़ाना। ख़ुदा की क़सम, मैंने जो कुछ महसूस किया था, वही तुमसे कहा है। मैं इस मामले में तुमसे बहस नहीं करूँगा। लेकिन जो कुछ मैंने हासिल किया है, वह यह है कि कुदरत के ख़िलाफ़ जाना हरगिज़-हरगिज़ बहादुरी नहीं—यह कोई कारनामा नहीं कि तुम फ़ाके करते-करते मर जाओ, या ज़िन्दा रहो ...कब्र खोद कर उसमें गड़ जाना और कई-कई दिन उसके अन्दर दम साधे रखना; नुकीली कीलों के बिस्तर पर महीनों लेटे रहना; एक हाथ बरसों ऊपर उठाये रखना, यहाँ तक कि वह सूख-सूख कर लकड़ी हो जाय—ऐसे मदारीपने से न ख़ुदा मिल सकता है, न स्वराज...और मैं तो समझता हूँ, हिन्दुस्तान को स्वराज सिर्फ़ इसलिए नहीं मिल रहा है कि यहाँ मदारी ज़्यादा हैं और लीडर कम...जो हैं, वे कुदरत के उसूलों के ख़िलाफ़ चल रहे हैं...ईमान और साफ़-दिली का बर्थ-कण्ट्रोल करने के लिए इन लोगों ने सियासत ईजाद कर ली है और यही सियासत है, जिसने आज़ादी की कोख का मुँह बन्द कर दिया है...'

गुलाम अली इसके आगे भी कुछ कहने वाला था कि उसका नौकर अन्दर आया। उसकी गोद में शायद गुलाम अली का दूसरा बच्चा था, जिसके हाथ में एक सुन्दर, रंगीन गुब्बारा था। गुलाम अली पागलों की तरह उस पर झपटा—पटाख़े-सी आवाज़ आयी—गुब्बारा फट गया और बच्चे के हाथ में धागे के साथ रबड़ का एक छोटा-सा टुकड़ा लटकता रह गया। गुलाम अली ने दो उँगलियों से उस टुकड़े को छीन कर यूँ फेंका, मानो वह बड़ी ही घिनौनी चीज़ थी।

डार्लिंग

यह उन दिनों का वाक़िआ है जब मशरिक़ी[1] और मग़रिबी[2] पंजाब में क़त्लो-ग़ारतगरी[3] और लूटमार का बाज़ार गर्म था।

कई दिनों से मूसलाधार बारिश हो रही थी। वह आग जो इंजनों से न बुझ सकी थी, उस बारिश ने चन्द घण्टों ही में ठण्डी कर दी थी, लेकिन जानों पर बाक़ायदा हमले हो रहे थे और जवान लड़कियों की इस्मत बदस्तूर ग़ैर महफ़ूज़ थी। हट्टे-कट्टे नौजवान लड़कों की टोलियाँ बाहर निकलतीं और इधर-उधर छापे मारकर डरी-दुबकी और सहमी हुई लड़कियाँ उठाकर ले जातीं।

किसी के घर पर छापा मारना और उसके साक़िनों[4] को क़त्ल करके एक जवान लड़की को कान्धे पर डालकर ले जाना बज़ाहिर बहुत ही आसान काम मालूम होता है लेकिन स का बयान है कि यह महज़ लोगों का ख़याल है, क्योंकि उसे तो अपनी जान पर खेल जाना पड़ा था।

इससे पहले कि मैं आपको स का बयानक़र्दा वाक़िआ सुनाऊँ, मुनासिब मालूम होता है कि उससे आपको मुतआरिफ़[5] करा दूँ।

स एक मामूली जिस्मानी और ज़ेहनी साख़्त का आदमी है। मुफ़्त के माल से उसको इतनी ही दिलचस्पी है जितनी आम इंसानों को होती है, लेकिन माले-मुफ़्त से उसका सुलूक दिले-बेरहम का-सा नहीं था, फिर भी एक अजीबो-ग़रीब ट्रैजिडी का बायस बन गया जिसका इल्म उसे बहुत देर में हुआ।

स्कूल में स औसत दर्जे का तालिबे-इल्म था। वह हर खेल में हिस्सा लेता। खेलते-खेलते जब नौबत लड़ाई तक जा पहुँचती तो स उसमें पेश-पेश होता। खेल में वह हर क़िस्म के ओछे हथियार इस्तेमाल करता, लेकिन लड़ाई के मौक़े पर हमेशा ईमानदारी से काम लेता।

मुसव्विरी[6] से स को बचपन ही से दिलचस्पी थी, लेकिन कॉलेज में दाख़िल होने के बाद हालात ने या स ने कुछ ऐसा पलटा खाया कि उसने तालीम को ख़ैरबाद[7] कहकर साइकिलों की दूकान खोल ली।

फ़सादात के दौरान जब उसकी दूकान जलकर राख हो गयी तो उसने लूटमार में हिस्सा लेना शुरू कर दिया, इन्तिक़ामन और तफ़ीहन ज़्यादा—इसी दौरान में उसके

साथ एक अजीबो-ग़रीब वाक़िआ पेश आया, जो इस कहानी का मौज़ूँ है।

उसने मुझसे कहा :

"मूसलाधार बारिश हो रही थी। मनों पानी बरस रहा था। मैंने अपनी ज़िन्दगी में इतनी तेज़ बारिश कभी नहीं देखी थी। मैं अपने घर की बरसाती में बैठा सिगरेट पी रहा था। मेरे सामने लूटे हुए माल का एक ढेर पड़ा था। बेशुमार चीज़ें थीं मगर मुझे उनसे कोई दिलचस्पी न थी। मेरी दुकान जल गयी थी। मुझे उसका भी कोई इतना ख़याल नहीं था, शायद इसलिए कि मैंने लाखों का माल तबाह होते देखा था ...कुछ समझ में नहीं आता था कि दिमाग़ की कैफ़ियत क्या है...इतने ज़ोर से बारिश हो रही थी, लेकिन ऐसा लगता था कि चारों तरफ़ ख़ामोशी ही ख़ामोशी है और हर चीज़ ख़ुश्क है...जाने कहाँ से जले हुए मरूण्डों की बू-सी आ रही थी। मेरे होंटों में जलता हुआ सिगरेट था। उसके धुएँ से भी कुछ ऐसी ही बू निकल रही थी...जाने मैं क्या सोच रहा था या शायद कुछ सोच ही नहीं रहा था कि एकदम बदन में कँपकँपी-सी दौड़ गयी और जी चाहा कि एक लड़की उठाकर ले आऊँ। जूँ ही यह ख़याल आया, बारिश का शोर सुनाई देने लगा और खिड़की के बाहर हर चीज़ पानी में शराबोर नज़र आने लगी...मैं उठा। सामने पड़े हुए लूटे हुए माल के ढेर से सिगरेटों का एक नया डिब्बा उठाकर मैंने बरसाती पहनी और नीचे उतर गया...सड़कें अँधेरी और सुनसान थीं। सिपाहियों का पहरा भी नहीं था। मैं देर तक इधर-उधर घूमता रहा। इस दौरान मैं कई लाशें मुझे नज़र आयीं, लेकिन मुझ पर कोई असर न हुआ। घूमता-घामता मैं सिविल लाइंज़ की तरफ़ निकल गया। लुकफिरी सड़क बिलकुल ख़ाली थी। जहाँ-जहाँ बजरी उखड़ी हुई थी, वहाँ बारिश झाग बन-बनकर उड़ रही थी...दफ़अतन मुझे मोटर की आवाज़ आयी। पलटकर देखा। छोटी-सी बेबी आस्टिन अन्धाधुन्ध चली आ रही थी। मैं सड़क के ऐन दरमियान में खड़ा हो गया और दोनों हाथ इस अन्दाज़ से हिलाने लगा जिसका मतलब था कि रुक जाओ ...मोटर बिलकुल पास आ गयी। मगर उसकी रफ्तार में फ़र्क़ न आया। मोटर चलानेवाले ने ज़रा-सा रुख़ बदला। मैं भी पैंतरा बदलकर उधर हो गया। मोटर तेज़ी से उधर हुई, मगर अब उसकी रफ़्तार धीमी हो गयी। मैं अपनी जगह खड़ा रहा। पेशतर इसके कि मैं कुछ सोचता, मुझे ज़ोर का धक्का लगा और मैं उखड़कर फ़ुटपाथ पर जा गिरा। जिस्म की तमाम हड्डियाँ कड़कड़ा उठीं, मगर मुझे चोट न आयी। उधर मोटर के ब्रेक चीख़े, पहिये एकदम फिसले और मोटर तैरती हुई सामनेवाले फ़ुटपाथ पर चढ़कर एक दरख़्त से जा भिड़ी और साकित[8] हो गयी...मैं उठा और उसकी तरफ़ बढ़ा। मोटर का दरवाज़ा खुला और एक औरत सुर्ख़ रंग का भड़कीला मोमी रेनकोट पहने बाहर निकली। मेरी कड़कड़ाई हुई हड्डियाँ ठीक हो गयीं और जिस्म में हरारत पैदा हो गयी। रात के अँधेरे में मुझे सिर्फ़ उसका शोख़ रंग रेनकोट ही दिखायी दिया, लेकिन इतनी उम्मीद काफ़ी थी कि उस मोमी कपड़े में लिपटा

हुआ जो कोई भी है सिन्फे-नाज़ुक में से है...मैं जब उसकी तरफ़ बढ़ा तो उसने पलटकर मेरी तरफ़ देखा। बारिश के लरज़ते हुए परदे में से मुझे देख कर वह भागी, मगर मैंने चन्द ही गज़ों के फ़ासले पर उसे जा लिया। जब मेरा हाथ उसके चिकने रेनकोट पर पड़ा तो वह अंग्रेज़ी में चिल्लाई : 'हैल्प...हैल्प।' मैंने उसकी कमर में हाथ डाला और उसे गोद में उठा लिया। वह फिर अंग्रेज़ी में चिल्लाई : "हैल्प, हैल्प...ही इज़ किलिंग भी...!" मैंने उससे अंग्रेजी में पूछा : "आर यू ए इंगलिश वूमन...?" फ़िक़रा मुँह से निकल गया तो मुझे ख़याल आया कि 'ए' की जगह मुझे 'एन' कहना चाहिए था। उसने जवाब दिया : 'नो...' अंग्रेज़ी औरत से मुझे नफ़रत है। मैंने उससे कहाः 'दैन इट इज़ आल राइट।' अब वह उर्दू में चिल्लाने लगी : 'तुम मुझे मार डालोगे...तुम मुझे मार डालोगे!' मैंने कोई जवाब नहीं दिया, इसलिए कि मैं उसकी आवाज़ से उसकी शक्लो-सूरत और उम्र का अन्दाज़ा लगा रहा था। मैंने उसके चेहरे पर से हुड हटाने की कोशिश की, पर उसने दोनों हाथ आगे कर लिए। मैंने सोचा, हटाओ और सीधा मोटर की तरफ़ बढ़ा। दरवाज़ा खोलकर मैंने उसको पिछली सीट पर डाला और ख़ुद अगली सीट पर बैठ गया। गेयर दुरुस्त करके सेल्फ़ दबाया तो इंजन चल पड़ा। मैंने दिल में कहा, ठीक है, और हैण्डल घुमाया। गाड़ी को फुटपाथ पर से उतारकर और सड़क पर पहुँचकर मैंने एक्सीलेटर पर पाँव रख दिया। मोटर दौड़ने लगी...घर पहुँचकर मैंने पहले सोचा कि ऊपर की बरसाती ठीक रहेगी, लेकिन इस ख़याल से कि लौण्डिया को ऊपर ले जाने में झक-झक करनी पड़ेगी, मैंने नौकर से कहा कि दीवानख़ाना खोल दे। नौकर ने दीवानख़ाना खोला तो मैंने लौण्डिया को धुप अँधेरे में ही सोफ़े पर डाल दिया। वह सारा रास्ता ख़ामोश रही थी लेकिन सोफ़े पर गिरते ही चिल्लाने लगी : 'डोंट किल मी...डोंट किल मी प्लीज!' मुझे ज़रा शायरी सूझी : 'आयी वोंट किल यू...आयी वोंट किल यू डार्लिंग!' वह रोने लगी। मैंने नौकर से कहा कि चला जाय। वह चला गया। मैंने जेब से दियासलाई निकाली। एक-एक करके सारी तालियाँ निकालीं, मगर एक भी न सुलगी। बारिश में उनके मसाले का फ़ालूदा हो गया था। बिजली का करेंट भी कई दिनों से ग़ायब था। ऊपर बरसाती में लूटे हुए माल में कई बैट्रियाँ पड़ी थीं, लेकिन मैंने सोचा अँधेरे में ही ठीक है, मुझे कौन-सी फ़ोटोग्राफ़ी करनी है...बरसाती उतारकर मैंने एक तरफ़ फेंक दी और उससे कहा : "लाइए, मैं आपका रेनकोट उतार दूँ।" मैं सोफ़े की जानिब झुका, लेकिन वह ग़ायब थी, मैं बिलकुल न घबराया, इसलिए कि दरवाज़ा नौकर ने बाहर से बन्द कर दिया था। घुप अँधेरे में इधर-उधर मैंने उसे तलाश करना शुरू किया। थोड़ी देर के बाद हम दोनों एक-दूसरे से भिड़ गये और तिपायी के साथ टकराकर गिर पड़े। फ़र्श पर पड़े-पड़े मैंने उसकी तरफ़ हाथ बढ़ाया। मेरा हाथ उसकी गर्दन पर जा पड़ा। वह चीख़ी। मैंने कहा : 'चीख़ती क्यों हो...मैं तुम्हें मारूँगा नहीं।' उसने फिर सिसकियाँ लेना शुरू कर दीं। फिर मेरा हाथ उसके पेट पर पड़ा। वह दोहरी हो गयी।

मैंने, जैसे भी बन पड़ा, उसके रेनकोट के बटन खोलने शुरू कर दिये...मोमी कपड़ा भी कुछ अजीब होता है जैसे बूढ़े गोश्त में चिकनी-चिकनी झुर्रियाँ पड़ी हों। वह रोती रही और इधर-उधर करवट बदलकर मुज़ाहमत[9] करती रही, लेकिन मैंने पूरे बटन खोल दिये। इसी दौरान में मुझे मालूम हुआ कि वह साड़ी पहने हुए हैं। मैंने सोचा, यह तो ठीक ही रहा। मैंने ज़रा मामला देखा। ख़ासी सुडौल पिण्डली थी। वह तड़पकर एक तरफ़ हट गयी। मैं पहले तो ज़रा यूँही-सा सिलसिला कर रहा था, उसकी पिण्डली के साथ जब मेरा हाथ लगा तो बदन में चार सौ चालीस वोल्ट पैदा हो गये, लेकिन मैंने फ़ौरन ही ब्रेक लगा दिये कि सहज पके सो मीठा हो। तो मैंने शायरी शुरू कर दी : ''डार्लिंग, मैं तुम्हें यहाँ क़त्ल करने के लिए नहीं लाया हूँ...डरो नहीं ...यहाँ तुम ज़्यादा महफ़ूज़ हो...जाना चाहो तो चली जाओ...लेकिन बाहर लोग तुम्हें दरिंदों की तरह चीर फाड़ेंगे...जब तक यह फ़सादात होते रहें, तुम मेरे साथ रहना ...तुम पढ़ी-लिखी लड़की हो...मैं नहीं चाहता कि तुम गँवारों के चंगुल में फँस जाओ।'' उसने सिसकियाँ लेते हुए कहाः ''यू वोंट किल मी?'' मैंने फ़ौरन ही कहा : "नो सर..." वह सिसकते-सिसकते हँस पड़ी। मुझे फ़ौरन ही ख़याल आया कि औरत को 'सर' नहीं कहा करते। मुझे बहुत ख़िफ़्फ़त[10] हुई, लेकिन उसके हँस पड़ने से मुझे कुछ हौसला हो गया। मैंने सोचा, मामला पटा समझो। मैं भी हँस पड़ा : "डार्लिंग, मेरी अंग्रेज़ी कमज़ोर है।'' थोड़ी देर ख़ामोश रहने के बाद उसने मुझसे पूछा : "अगर तुम मुझे मारना नहीं चाहते तो यहाँ क्यों लाये हो?'' उसका सवाल बड़ा बेढ़ब था। मैंने जवाब सोचना शुरू किया फिर मैंने सोचा, जो मुँह में आये, कह दूँ। मैंने कहा : ''मैं तुम्हें मारना बिलकुल नहीं चाहता, इसलिए कि यह काम मुझे बिलकुल अच्छा नहीं लगता...रही यह बात कि तुम्हें यहाँ क्यों लाया हूँ तो इसका जवाब यह है कि मैं अकेला था।'' वह बोली : ''लेकिन तुम्हारा नौकर तुम्हारे पास है।'' मैंने बे सोचे-समझे जवाब दिया : ''उसका क्या है...वह तो नौकर है।'' वह खामोश हो गयी। मेरे दिमाग़ में नेक ख़याल आने लगे। मैंने सोचा, हटाओ यार, मैंने उठकर कहा : ''तुम जाना चाहती हो तो चली जाओ...उठो। मैंने उसका हाथ पकड़ा। वह उठ खड़ी हुई। एकदम मुझे उसकी पिण्डली का ख़याल आ गया। मैंने ज़ोर से उसको अपने सीने के साथ चिपटा लिया। उसकी गर्म-गर्म साँस मेरी ठोड़ी के नीचे घुस गयी। मैंने अटकल पच्चू अपने होंट उसके होंटों पर जमा दिये—वह लरज़ने लगी। मैंने कहा : "डार्लिंग, डरो नहीं...मैं तुम्हें मारूँगा नहीं।'' उसकी आवाज़ में अजीबो-ग़रीब क़िस्म की" कँपकँपाहट पैदा हो गयी : छोड़ दो मुझे।'' मैंने उसे अपनी गिरफ़्त से अलहदा कर दिया, लेकिन फ़ौरन ही उसे अपने बाजुओं में उठा लिया। सड़क पर से उसे उठाते वक़्त मुझे महसूस नहीं हुआ था, लेकिन अब मैंने महसूस किया कि उसके कूल्हों का गोश्त बहुत नर्म है। एक बात मुझे और भी मालूम हुई, वह यह कि उसके हाथ में एक छोटा-सा बैग था। मैंने उसे सोफ़े पर लिटा दिया

और बैग उसके हाथ से ले लिया। मैंने कहा : "अगर इसमें कोई क़ीमती चीज़ है तो यक़ीन रखो, यहाँ बिलकुल महफ़ूज रहेगी...बल्कि चाहो तो मैं भी तुम्हें कुछ दे सकता हूँ।" वह बोली : "मुझे कुछ नहीं चाहिए।" मैंने कहा : "लेकिन मुझे चाहिए।" उसने पूछा : "क्या?" मैंने जवाब दिया : "तुम"। वह ख़ामोश हो गयी। मैं फ़र्श पर बैठकर उसकी पिण्डलियाँ सहलाने लगा। वह काँप उठी। मैं हाथ फेरता रहा। उसने जब कोई मुज़ाहमत न की तो मैंने सोचा कि मजबूरी की वजह से बेचारी ने अपना आप ढीला छोड़ दिया है। मेरी तबीयत कुछ खट्टी-सी होने लगी। मैंने कहा : "देखो, मैं जबर्दस्ती कुछ नहीं करना चाहता...तुम्हें मंज़ूर नहीं है तो जाओ।" यह कहकर मैं उठने ही वाला था कि उसने मेरा हाथ पकड़कर अपने सीने पर रख लिया जो धक-धक कर रहा था। मेरा दिल भी उछलने लगा। मैंने ज़ोर से 'डार्लिंग' कहा और उसके साथ चिपट गया। देर तक चूमाचाटी होती रही। वह सिसकियाँ भर-भर के मुझे डार्लिंग कहती रही। मैं भी कुछ इसी क़िस्म के ख़ुराफ़ात बकता रहा। थोड़ी देर के बाद मैंने कहा : "यह रेनकोट उतार दो...बहुत ही वाहियात है।" उसने जज़्बात भरी आवाज़ में कहा : "तुम ख़ुद ही उतार दो ना।" मैंने उसे सहारा देकर उठाया और कोट उसके बाज़ुओं से खींचकर उतार दिया। उसने बड़े प्यार से पूछा "कौन हो तुम?" मैं उस वक़्त अपना हुदूदे-अर्बअ[11] बताने के मूड में नहीं था। मैंने सिर्फ़ इतना कहा : "तुम्हारा डार्लिंग।" उसने 'यू आर ए नाटी ब्वॉय' कहा और अपनी बाँहें मेरे गले में डाल दीं। मैं उसका ब्लाउज़ उतारने लगा तो उसने मेरे हाथ पकड़ लिए और इल्तिजा की : "मुझे नंगा न करो।" मैंने कहा : "क्या हुआ...इतना तो अँधेरा है।" वह क़समसाई : नहीं...नहीं।' मैंने कहना चाहा : "तो इसका यह मतलब है कि..." उसने मेरे दोनों हाथ थामकर चूमने शुरू कर दिये और लरजाँ आवाज़ में कहने लगी : "नहीं-नहीं...मुझे शर्म आती है।" अजीब-सी बात थी। मैंने दिल ही दिल में कहा, चलो हटाओ, छोड़ो ब्लाउज़ को, आहिस्ता-आहिस्ता सब ठीक हो जायेगा। मैं कुछ देर ख़ामोश रहा, उसने डरी हुई आवाज़ में पूछा : "तुम नाराज़ तो नहीं हो गये?" मुझे कुछ मालूम ही नहीं था कि मैं नाराज़ हूँ या नहीं। मैंने कहा : "नहीं, नाराज़ होने की क्या बात है...तुम ब्लाउज़ नहीं उतारना चाहती हो तो न उतारो, लेकिन..." इससे आगे कहते हुए मुझे शर्म आ गयी, फिर मैंने जरा गोल करके कहा : "लेकिन कुछ तो होना चाहिए...मेरा मतलब है कि साड़ी उतार दो।" उसका हलक सूख गया : "मुझे डर लगता है।" मैंने प्यार से कहा : "किससे डर लगता है?" उसने बिलख-बिलखकर रोना शुरू कर दिया। मैंने उसे तसल्ली दी : "मैं तुम्हें तकलीफ़ नहीं दूँगा...अगर तुम्हें वाक़ई डर लगता है तो जाने दो...दो-तीन दिन यहाँ रहो...जब मेरी तरफ़ से तुम्हें पूरा इत्मीनान हो जाये तब सही।" उसने रोते-रोते कहा : "नहीं-नहीं..." और अपना सिर मेरी रानों पर रख दिया। मैं उसके बालों में उँगलियों से कंघी करने लगा। थोड़ी ही देर के बाद उसने रोना बन्द कर दिया और

सूखी-सूखी हिचकियाँ लेने लगी, फिर एकदम उसने मुझे अपने साथ ज़ोर से भींच लिया और शिद्दत[12] के साथ काँपने लगी। मैंने उसे सोफ़े पर से उठाकर फ़र्श पर बिठा दिया...और तभी कमरे में दफ्अतन रौशनी की लकीरें तैर गयीं। दरवाज़े पर दस्तक हुई। मैंने पूछा "कौन है?" नौकर की आवाज आयी : "लालटेन ले लीजिए।" मैंने कहा : "अच्छा।" लेकिन उसने आवाज़ भींचकर ख़ौफ़ज़दा लहजे में कहा : 'नहीं-नहीं'...मैंने कहा : "क्या हर्ज है...मैं लालटेन एक तरफ़ नीची करके रख दूँगा।" मैंने उठकर लालटेन ले ली और दरवाज़ा अन्दर से बन्द कर लिया। इतनी देर के बाद रौशनी देखी थी, आँखें चौंधिया गयीं। वह एक कोने में खड़ी हो गयी थी। मैंने कहा : "भई, इतना भी क्या है...थोड़ी देर रौशनी में बैठकर बातें करेंगे, फिर जब तुम कहोगी, लालटेन गुल कर देंगे।" जब उसने कोई जवाब न दिया तो मैं लालटेन हाथ में लिए उसकी तरफ़ बढ़ा। उसने साड़ी का पल्लू सरकाकर दोनों हाथों से अपना चेहरा ढाँप लिया। मैंने कहा : "तुम भी अजीबो-ग़रीब लड़की हो ...अपने दूल्हे से भी परदा?" मैं वाक़ई समझने लगा कि वह मेरी दुल्हन है और मैं उसका दूल्हा। इसी तसव्वुर[13] के तहत मैंने कहा : "अगर ज़िद ही करनी है तो भई, कर लो...हमें आपकी हर अदा क़ुबूल है।" यकायक ज़ोर का धमाका हुआ। कहीं बम फटा था। वह लपकी और मेरे साथ चिमट गयी। मैंने उसे दिलासा दिया : "डरो नहीं...मामूली-सी बात है। एकदम मुझे ख़याल आया कि मैंने उसके चेहरे की झलक देख ली है। मैंने उसको दाएँ कन्धे से पकड़कर झंझोड़ा और एक क़दम पीछे हट गया...मैं बयान नहीं कर सकता, मैंने क्या देखा...बहुत ही भयानक सूरत, गाल अन्दर धँसे हुए जिन पर गाढ़ा मेकअप थुपा हुआ था और कई जगहों से मेकअप की तह बारिश की वजह से उतरी हुई थी और नीचे से असली जिल्द निकल आयी थी जैसे कई जख़्मों पर से फाहे उतर गये हों, खिज़ाब लगे ख़ुश्क और बेजान बाल जिनकी सफ़ेद जड़ें दाँत दिखा रही थीं, और सबसे अजीबो-ग़रीब चीज़ वह मोमी फूल थे जो उसने इस कान से उस कान तक माथे के साथ-साथ बालों में उड़से हुए थे। मैं देर तक उसको देखता रहा। वह बिलकुल साकित खड़ी रही। मेरे होशो-हवाश गुम हो गये थे। थोड़ी देर के बाद जब मैं सँभला तो मैंने लालटेन एक तरफ़ रख दी और उससे कहा : "तुम जाना चाहो तो चली जाओ।" उसने कुछ कहना चाहा, लेकिन जब देखा कि मैं उसका रेनकोट और बैग उठा रहा हूँ तो वह ख़ामोश हो गयी। मैंने दोनों चीज़ें उसकी तरफ़ देखे बग़ैर उसको दे दीं। वह कुछ देर शायद गर्दन झुकाए खड़ी रही। फिर दरवाज़ा खोला और बाहर निकल गयी..."

यह वाक़िआ सुन कर मैंने स से पूछा : "जानते हो, वह औरत कौन थी?"

स ने जवाब दिया : "नहीं तो...!"

मैंने कहा : "वह औरत मशहूर आर्टिस्ट मिस म थी...!"

स चिल्लाया : "मिस म? वही जिसकी बनाई हुई तसवीरों की मैं स्कूल में कापी

किया करता था?"

मैंने जवाब दिया : "हाँ वहीं...! वह एक आर्ट कॉलेज की प्रिंसिपल थी...वह लड़कियों को सिर्फ़ औरतों और फूलों...सिर्फ़ औरतों और फूलों की तस्वीर कशी सिखाती थी...मर्दों से उसे सख़्त नफ़रत थी।"

यह सुन कर स कुछ सोचने लगा, फिर एकदम चौंका : "कहाँ है वह आजकल?"

मैंने मुसकराकर जवाब दिया : "आसमान पर...!"

उसने पूछा : "क्या मतलब?"

मैंने जवाब दियाः "उसी रात को...जब तुमने उसे बाहर निकाल दिया...उसकी मोटर का हादिसा हुआ और वह मर गयी...लेकिन उसके क़ातिल तुम हो और यह सिर्फ़ मैं जानता हूँ...नहीं...दरअसल तुम दो औरतों के कातिल हो...एक तो उस औरत के जिसको सब लोग एक मशहूर आर्टिस्ट की हैसियत से जानते हैं...दूसरी उस औरत के जो तुम्हारे दीवानख़ाने में से पहली औरत के क़ालिब[14] से बाहर निकली थी, और जिसको सिर्फ़ तुम जानते हो...!"

स ख़ामोश रहा।

---

1. पूर्वी; 2. पश्चिमी; 3. कत्ल और तबाही; 4. निवासियों; 5. परिचित; 6. चित्रकारी; 7. त्याग करके, छोड़ कर; 8. गतिहीन; 9. दखलअन्दाज़ी; 10. संकोच, शर्म; 11. चौहद्दी, विषम में; 12. तीव्रता, तेजी; 13. कल्पना; 14. शरीर, जिस्म।

बदतमीज़

दिल्ली छोड़ कर बम्बई आते हुए दिल को बहुत ये हुआ था। दोस्त-अहबाब थे, जो मुझे चाहते थे। नौकरी थी, जो मेरी बीवी के ख़याल के मुताबिक़ बहुत अच्छी थी। यानी घर बैठे हर महीने की पहली तारीख़ को ढाई-सौ रुपये मिल जाते थे, लेकिन तबीयत में कुछ ऐसी लहर पैदा हुई कि एकदम दिल्ली छोड़ बम्बई जाने का इरादा कर लिया। बीवी बहुत रोयी-धोयी, मगर मैं अपने हठ पर क़ायम रहा।

यों तो बम्बई में मेरी जान-पहचान के सैकड़ों आदमी हैं। उनमें से चन्द एक के साथ बरसों के बाद मिल कर मुझे सचमुच ख़ुशी हासिल हुई, लेकिन सबसे बड़ी ख़ुशी मुझे इज़्ज़त जहाँ से परिचित होने की थी। इज़्ज़त जहाँ को आप यक़ीनन जानते होंगे। कौन है जो उस लड़की के नाम से वाकिफ़ नहीं। अगर आप सोशलिस्ट हैं और बम्बई में रहते हैं तो आप जरूर इज़्ज़त से कई बार मुलाक़ात कर चुके होंगे और आपको यह भी मालूम होगा कि उसने अपनी ज़िन्दगी के कई बरस समाजवादी तहरीक के प्रचार-प्रसार में लगाये हैं और हाल ही में एक अनजाने आदमी से शादी की है। उस अनजाने आदमी को मैं अच्छी तरह से जानता हूँ! नासिर से मैं उस ज़माने का वाक़िफ़ हूँ जब मैं उसको 'नासू' कहा करता था! अलीगढ़ मुस्लिम युर्निवसिटी में वह मेरा सहपाठी था। मैं तो अपनी तालीम बीमारी और मुफ़लिसी की वजह से जारी नहीं रख सका, मगर वह सिर्फ़ मुफ़लिस था! उसने बी.ए. का इम्तहान किसी-न-किसी तरह पास कर लिया, और बम्बई की एक बहुत बड़ी मिल में मुलाज़िम हो गया।

मैं उन दिनों बम्बई ही में था, जब वह दिल्ली के एक कारख़ाने में काम करता-करता बम्बई आया और मिल में मुलाज़िम हुआ। उस दौरान उससे मेरी कई मुलाक़ातें हुईं, लेकिन अफ़सोस है कि किन्हीं कारणों से मैं बम्बई में अपना क़याम जारी न रख सका और मुझे मजबूरन दिल्ली आ कर एक निहायत ही ज़लील नौकरी करनी पड़ी।

ख़ैर, मैंने दिल्ली को दो बरस के बाद सलाम किया और बम्बई शहर का रुख़ किया जहाँ मेरे चन्द अज़ीज़ दोस्तों के अलावा अब इज़्ज़त जहाँ भी रहती थीं! मैं ख़ुद सोशलिस्ट हूँ। मैंने सोशलिज़्म पर सैकड़ों मज़मून लिखे हैं, मगर वे लेख जो मैंने इज़्ज़त जहाँ के कलम से अलग-अलग अख़बारों में पढ़े थे, मेरे दिलो-दिमाग़ पर

छा गये थे। ख़ुदा के लिए कहीं यह ख़याल न कीजिएगा कि मुझे उससे मन-ही-मन इश्क़ था! दरअसल मुझे उस लड़की या औरत को देखने और उससे मिलने की इच्छा थी। अख़बारों और रिसालों में अकसर उसकी सरगर्मियों का हाल पढ़ चुका था और मुझे उससे बेपनाह दिलचस्पी पैदा हो गयी थी। मैं चाहता था, उससे मिलूँ, उससे बातें करूँ और जिस तरह कॉलेज और स्कूल के नये-नये इश्क़ में गिरफ़्तार लौंडे अपने रोमांस का ज़िक्र करते हैं, उसी तरह मैं उससे बराबरी के साथ अपने दिली लगाव का इज़हार करूँ।

हम दोनों हेगेल से कार्ल मार्क्स तक समाजवादी फ़लसफ़े की बातें करते। लेनिन, ट्रॉट्स्की और स्टालिन के अलग-अलग नज़रियों पर बातचीत करते। मैं हिन्दुस्तान की सोशलिस्ट तहरीक के बारे में अपने ख़यालात का इज़हार करता। वह भी अपने ख़यालात मुझे बताती। मैं उसे उन नौजवानों की कहानियाँ सुनाता जो कार्ल मार्क्स की किताब महज़ इसलिए बग़ल में दबाये फिरते थे, क्योंकि उन्हें दूसरों पर रोब गाँठना होता है। मैं उसे अपने एक दोस्त की कहानी सुनाता जिसके पास सोशलिज़्म पर हर वह किताब मौजूद थी, जो अंग्रेजी ज़बान में छप चुकी है, लेकिन वह सोशलिज़्म की अलिफ़-बे से भी वाक़िफ़ नहीं।

वह कार्ल मार्क्स का नाम इस तरह लेता है जिस तरह लोग अपने क़रीबी रिश्तेदार म्युनिसिपल कमिश्नरों का लेते हैं। मैं इज़्ज़त को बताता कि इसके बावजूद वह सच्चा आदमी है, जो सोशलिज़्म के ख़िलाफ़ एक लफ़्ज़ भी सुनने को तैयार नहीं।

फिर मैं उससे उन लड़कों और लड़कियों के बारे में बातचीत करता जो सोशलिज़्म को सिर्फ़ इसलिए अपनाते हैं कि उन्हें एक-दूसरे से मिलने और जिन्सी ताल्लुकात पैदा करने का मौका मिले। मैं उसे बताता कि पचास फीसदी लड़के जो सोशलिस्ट तहरीक में शामिल होते हैं, अपनी हमजमात लड़कियों को वे यों देखते हैं जैसे उनकी निगाहें सदियों की भूखी-प्यासी हैं और अक्सर लड़कियाँ जो इस तहरीक में शामिल होती हैं, सरमायादारों की हंगामा पसन्द बेटियाँ होती हैं। अपनी ज़िन्दगी में हादसे पैदा करने के लिए ये सोशलिज़्म पर चन्द शुरुआती किताबें पढ़ने के बाद इस तहरीक की सरगर्म कारकुन बन जाती हैं। उनमें से कुछ तो आहिस्ता-आहिस्ता जिन्सी ख़्वाहिशों के ख़राबें की शक्ल अख़्तियार कर लेती हैं और कुछ आज़ादी की आख़री हदों पर पहुँचकर एक ऐसी जज़्बाती चीज़ बन जाती हैं जो मुल्क के नामनिहाद लीडरों के खेलने के काम आती रहती हैं।

गरज़ यह कि इज़्ज़त जहाँ से हिन्दुस्तान की इश्तराकी तहरीक के औकाब वह औताफ़ पर सीरहासिल बहस करने का ख़ूब मज़ा आता उसके लेखों से मैं उसकी ज़हानत और बेबाक ख़्याली मालूम कर चुका था मुझे यक़ीन था कि वह मेरी हमख़याल होंगी।

बम्बई आकर मुझे एक दोस्त के यहाँ ठहरना पड़ा, क्योंकि मकान और फर्नीचर

का बंदोबस्त करते-करते मुझे कई रोज़ ख़्वार होना था। बीवी को मैं दिल्ली ही छोड़ आया था। उससे मैंने कह दिया था कि ज्यों ही मकान मिलेगा मैं तुम्हें बुला लूँगा।

मेरे सब दोस्त कुँवारे हैं और फ़िल्म डायरेक्टर हैं। औरतों के बारे में उनका फलसफा बहुत ही दिलचस्प है। वे चूँकि स्टूडियो में किसी एक्ट्रेस या एक्टर की लड़की से ताल्लुकात पैदा नहीं करना चाहते हैं इसलिए जरूरत के वक़्त अलग-अलग दलालों के जरिए एक लड़की मँगवा लेते हैं, रात भर उसे अपने पास रखते हैं और सुबह होते ही उसे रुख़सत कर देते हैं शादी इसलिए नहीं करते कि उनके ख़याल के मुताबिक बीवी उनसे कभी ख़ुश नहीं रहेगी। “भई, मैं फ़िल्म डायरेक्टर हूँ दिन को शूटिंग करूँगा तो दिन भर बाहर रहूँगा, रात को शूटिंग करूँगा तो रात भर बाहर रहूँगा। दिन को काम करने के बाद रात को और रात को काम करने के बाद दिन को आराम करना जरूरी है। बीवी मुझसे अपने सारे हक तलब करेगी, मुझे बताओ एक थका हुआ आदमी ये सारे हक कैसे पूरे कर सकता है। हर रोज़ एक नयी लौंडिया अच्छी है। पसन्द आ गयी तो उससे कहा जाओ सो रहो अगर उसकी सोहबत से तंग आ गये तो टैक्सी का किराया दिया और चलता किया। औरत बीवी बनते ही एक बड़ा फ़र्ज़ बन जाती है मैं क्योंकि फ़र्ज़ पूरा करने का हामी हूँ, शादी का बिल्कुल क़ायल नहीं।”

जिस दोस्त के यहाँ मैं ठहरा हुआ था एक दिन वह और मैं टैक्सी में बैठकर एक लड़की ढूँढ़ने गये। दलाल जो उसका पुराना वाक़िफ़ था एक के बजाय दो दक्कनी छोकरियाँ ले आया। मैं बहुत सिटपिटाया, मगर फ़ौरन ही मेरे दोस्त ने कहा, “तुम घबराओ नहीं, एक और दो में फ़र्क ही क्या है।”

टैक्सी वापस घर की तरफ़ मुड़ी। हम सब यानी मैं, मेरा दोस्त फ़िल्म डायरेक्टर और वे दो काश्टा पोश लड़कियाँ तीन सीढ़ियाँ तय करके तीसरी मंज़िल पर पहुँचे। फ़्लैट का दरवाज़ा मैंने खोला। क्या देखता हूँ कि सामने ही एक कुर्सी पर नासिर बैठा बड़े मज़े से मेरा उर्दू टाइप राइटर देख रहा था और उसके पास ही एक लड़की बैठी थी। जब उसने मुड़कर हमारी तरफ देखा तो मैं पहचान गया, इज़्ज़त जहाँ थी।

मेरा दोस्त उन अजनबियों को देखकर बहुत परेशान हुआ। लेकिन दोनों दक्कनी छोकरियाँ अन्दर कमरे में दाखिल हो चुकी थीं इसलिए उसने परदा पोशी की जरूरत बेकार समझी।

मैंने अपने दोस्त से नासिर का परिचय कराया, नासिर ने जवाब में हम दोनों को अपनी बीवी का परिचय दिया। मैं उनके पास बैठ गया और अपने दोस्त से, जो अब सिगरेट सुलगा रहा था, इज़्ज़त जहाँ के बारे में और भी ब्योरे देने के लिए बोला, “ये हिन्दुस्तान की बहुत बड़ी इश्तराकी ख़ातून है। तुमने इनके मजमून जरूर पढ़े होंगे।”

मेरे दोस्त को इश्तराकियत से कोई दिलचस्पी नहीं थी। मुझे बाद में मालूम हुआ

कि वह उस नाम ही से नावाकिफ़ था। उसने दोनों लड़कियों को दूसरे कमरे में जाने का इशारा किया और हम सबसे मुख़ातिब होकर उसने कहा, "माफ़ कीजियेगा, अभी हाज़िर हुआ।"

इज़्ज़त जहाँ की आँखें उन लड़कियों पर जमी हुई थीं। वह उनके लिबास और चाल-ढाल...गरज़ यह है कि हर चीज़ का अच्छी तरह जायजा ले रही थी। जब वे दोनों दूसरे कमरे में चली गयीं और मेरे दोस्त ने बेशरमी से काम ले कर दरवाज़ा बन्द कर दिया तो वह मुझसे मुखातिब हुई।

"आपसे मिलकर बहुत ख़ुशी हुई, नासिर मुझसे हर रोज़ कहते थे कि चलो-चलो पर मैं इन दिनों कुछ ज्यादा मसरूफ़ रही...और आप तो अब यहाँ तशरीफ़ ले आये हैं ना...मकान बुरा नहीं।"

उसने कमरे के चारों तरफ देखकर ख़ुशी का इज़हार किया।

मैंने कहा, "जी हाँ अच्छा, हवादार है।"

"हवादार तो खाक़ भी नहीं..."

"बीच का दरवाज़ा खुला हो तो बहुत हवा आती है।"

"हाँ शायद पहले आ रही थी।"

देर तक मैं और नासिर और इज़्ज़त जहाँ इधर-उधर की बातें करते रहे, मगर मैं महसूस कर रहा था कि इज़्ज़त के दिल में खदबद हो रही है। मेरा दोस्त जल्दी हाज़िर होने का वादा करके दो लड़कियों के साथ दूसरे कमरे में क्या कर रहा था? गालिबन वह यही मालूम करने के लिए बेकरार थी। आधा घण्टा गुज़रने पर उसने बड़े तकल्लुफ़ के साथ मुझसे कहा, "एक गिलास पानी पिलवा दीजिये।"

फ्लैट के दो रास्ते हैं, एक सामने से, एक पीछे से। मैंने दरवाज़ा खुलवाना मुनासिब ना समझा। चुनांचे दूसरे रास्ते से गिलास में पानी लेकर आ गया। कमरे में दाखिल होते ही मैंने देखा कि दोनों मियाँ-बीवी खुसुर-पुसुर कर रहे हैं।

इज़्ज़त जहाँ ने गिलास मेरे हाथ से ले लिया और कहा आपने बहुत तकलीफ़ की।

"जी नहीं, इसमें तकलीफ़ की बात ही क्या है।"

पानी पीकर उसने ऐनक के मोटे शीशों के पीछे अपनी आँखें सिकोड़ी और बनावटी लहजे में कहा, "इस फ्लैट के गालिबन दो रास्ते हैं।"

"जी हाँ।"

कुछ देर फिर इधर-उधर की बातें होती रहीं। उसके बाद बातचीत का रुख बदलकर कम्यूनिज़्म की तरफ़ आ गया और मैं और इज़्ज़त दोनों सुर्ख़ हो गये। मैंने बातों-बातों में कम्यूनिज़्म के बारे में अपने नजरिये को उजागर कर दिया।

"कम्यूनिस्ट कहते हैं कि तमाम इंसानी-इदारे मिसाल के तौर पर मज़हब, इतिहास, सियासत वगैरा सब हमारी आर्थिक हालत के असर से रूप रंग अख़्तियार

करते हैं। मौजूदा निज़ाम जिसमें और गरीब के बीच फ़र्क़ है और जिसमें पैदावार के तमाम साधन एक छोटे से ऊँचे तबके के हाथ में उन्हें सिर्फ़ निजी फायदे के लिए इस्तेमाल करता है। यह एक नुकसान देह और तबाही लाने वाला इरादा है जिसे हमेशा के लिए ख़त्म कर देना चाहिए, "जब इसका खात्मा हो जाएगा तो आपके ख़याल के मुताबिक बराबरी का दौर शुरू होगा जिसमें पैदावार के तमाम साधन जो हमारे माली हालात पर हावी हैं आम लोगों के कब्ज़े में आ जायेंगे।"

इज़्ज़त जहाँ ने मेरी ताईद की, "जी हाँ।"

"अवाम की कूवत और हुकूमत की नुमाइन्दा एक खास जमात होगी जिसे कम्यूनिस्ट हुकूमत कहा जाएगा।"

इज़्ज़त जहाँ ने फिर कहा, "जी हाँ।"

"लेकिन यहाँ ये बात गौर करने की हैं कि कम्यूनिस्ट हुकूमत में भी तमाम ताकत एक छोटे से तबके के हाथ में होगी। यें नुमाइन्दा ज़मात कम्यूनिस्टों के फलसफे के मुताबिक तमाम लोगों की भलाई को अपने काम-काज की बुनियाद बनायेगी ये इस जमात का निजी मुनाफ़े और खुदगर्जी से कोई वास्ता न होगा। इसके सारे साधन आम लोगों की भलाई के लिए इस्तेमाल होंगे। लेकिन सीने पर हाथ रख कर भरोसे के साथ कौन कह सकता है कि यह छोटी सी जमात जो ज़ाहिर-तौर पर आम लोगों की नुमाइन्दा जमात होगी, कुछ अरसे के बाद पूँजीपतियों की तरह हर क़िस्म के जुल्म और सितम न ढायेगी क्या ये लोग जबर्दस्ती छिनने वाले नहीं बन सकते? कुछ अरसे की हुकूमत के बाद क्या उनके दिल में निजी मुनाफे और निजी भलाई का जज़्बा नहीं पैदा हो जाएगा?"

इज़्ज़त मुस्करायी, "आप तो बाकुनिन के भाई मालूम होते हैं।"

मैंने जोश के साथ कहा, "जानता हूँ कि कार्ल मार्क्स के साथ सारी उम्र लड़ने के बावजूद बाकुनिन किसी समझौते पर नहीं पहुँच सका और अपने इख़लास के बावजूद मुहलल्ल और मुनज़्ज़म फलसफ़े की बुनियाद नहीं डाल सका। लेकिन उसका यह कहना झूठ नहीं है कि डेमोक्रेसी भी एक बड़ी जमात के दूसरी छोटी जमातों पर जाबिराना निज़ामे-हुकूमत का नाम है। मैं ऐसे सियासी दौर का क़ायल हूँ जिसका समाज हर क़िस्म की हुकूमत और दबाव से आज़ाद हो।"

इज़्ज़त जहाँ मुस्करायी, "तो आप ऐनार्किज़्म चाहते हैं जो ऐसी चीज़ है जिसे अमल में नहीं लाया जा सकता। आपका बाकुनिन और क्रोपाट्किन, दोनों मिलकर उसे क़ुबूल होने के क़ाबिल नहीं बना सकते..."

मैंने उसकी बात काट कर कहा, "सोशलिज़्म के पास भी ऐसा कोई फ़लसफ़ा नहीं था जो अमल के क़ाबिल हो। लोग उसे दीवानों का एक धुँधला-सा ख़्वाब समझते थे। मगर उन्नीसवीं सदी में कार्ल मार्क्स ने इसको एक क़ाबिले-अमल समाजी निज़ाम की सूरत में पेश किया। मुमकिन है, ऐनार्किज़्म को भी कोई कार्ल

मार्क्स मिल जाये।"

इज़्ज़त जहाँ ने बन्द दरवाज़े की तरफ़ देखा और जैसे उसने मेरी बात सुनी ही नहीं, मुझसे पूछा, "आपके दोस्त वादा करके गये थे कि अभी आते हैं?"

मैंने बेहतर समझा कि उसे सब कुछ बता दूँ। "उन्होंने तकल्लुफ़ बरता था। वरना उनका मक़सद यही था कि वे नहीं आयेंगे।"

इज़्ज़त जहाँ ने बड़े भोलेपन से कहा, "क्यों?"

मैं नासिर की तरफ़ देख कर मुस्कराया, जो अब हमारी बातचीत में दिलचस्पी लेने लगा था, "वे लड़कियाँ उसके साथ हैं, उन्हें छोड़ कर वह ऐसी ख़ुश्क महफ़िल में कैसे आ सकता है।"

इज़्ज़त ने यह सुनकर मुझसे दरयाफ़्त किया, "ये दो लड़कियाँ क्या फ़िल्म ऐक्ट्रेस थीं?"

"जी नहीं।"

"दोस्त होंगी।"

"जी नहीं। आज ही जान-पहचान हुई है।"

इसके बाद मैंने आहिस्ता-आहिस्ता सारी बात बता दी और सेक्स के बारे में अपने दोस्त का नज़रिया भी अच्छी तरत उजागर कर दिया। बड़े गौर से मेरी तमाम बातें सुन कर उसने फ़तवा देने के अन्दाज़ में कहा, "यह ऐनार्किज़म की बदतरीन फ़िल्म है। आपके दोस्त के ख़यालात अगर आम हो जायें तो दुनिया में एक अन्धेर मच जाये। औरत और मर्द के ताल्लुकात सिर्फ़...सिर्फ़ बिस्तर तक सिमट कर रह जायें और क्या। यह आपके दोस्त, जो कोई भी हैं, ये औरत को क्या समझते हैं। डबलरोटी, केक या बिस्किट—ज़्यादा-से-ज़्यादा कॉफी या चाय की एक गर्म प्याली। पी और जूठे बर्तनों में डाल दी। लानत है ऐसी औरतों पर जो यह ज़िल्लत बरदाश्त कर लेती हैं। मेरी समझ में नहीं आता कि ज़िन्दगी में सेक्स को इतनी अहमियत क्यों दी जाती है। क्या आपके ये दोस्त औरत के बग़ैर ज़िन्दा नहीं रह सकते। उन्हें हर रोज़ औरत की ज़रूरत क्यों महसूस होती है?"

मैंने अपने निजी ख़याल का इज़हार किया, "औरत की ज़रूरत हर मर्द को औरत के एक ख़ास हिस्से में महसूस होती है। इसको कुछ लोग ज़्यादा अहमियत देते हैं, कुछ लोग कम। मेरा दोस्त उन लोगों में से है जो इसको रोज़मर्रा की एक ज़रूरत समझते हैं। अगर खाना, पीना और सोना अहम है तो उसके नजदीक औरत भी उतनी ही अहम है और ज़रूरी है। हो सकता है कि वह ग़लती पर हो, मगर उसने अपनी इस कमज़ोरी को कभी पर्दे के पीछे नहीं छुपाया।"

इज़्ज़त जहाँ के लहजे में और ज़्यादा तल्ख़ी पैदा हो गयी। "पर्दे के पीछे नहीं छिपाया तो इसका मतलब यह हुआ कि वे रास्ते पर हैं। बेस्वाएँ खुले बन्दों अपना जिस्म बेचती हैं तो इसका मतलब यह नहीं कि उनका वजूद फ़ितरी है। चूँकि हमारा

निज़ाम बिल्कुल ग़लत और ग़ैर-फ़ितरी है, इसीलिए हमें ये चकले नज़र आते हैं। चूँकि आपके दोस्त का निज़ामे-अस्बी तन्दुरुस्त नहीं, यही वजह है कि वे औरत और रोटी में कोई फ़र्क़ नहीं समझते। रोटी के बग़ैर इन्सान ज़िन्दा नहीं रह सकता, लेकिन इस जिस्मानी ताल्लुक के बग़ैर यक़ीनन ज़िन्दा रह सकता है।"

मैंने कहा, "जी हाँ, ज़िन्दा रह सकता है। इसमें ज़िन्दगी और मौत का सवाल ही कहाँ पैदा होता है। हर मर्द के हाथ औरत नहीं लग सकती, लेकिन जिसको हो सकती है, वह उसे अपनी ज़िन्दगी की ज़रूरतों में शामिल कर लेता है।"

नासिर को अब इस बातचीत में कोई दिलचस्पी न रही थी। इसलिए उसने अपनी बेज़ारी का इज़हार कर ही दिया, "हटाओ यार, इस क़िस्से को। बहुत वक़्त हो गया और हमें यहाँ से पूरे उन्नीस मील दूर जाना है। चलो इज़्ज़त, चलें।"

इज़्ज़त ने अपने पति की बात सुनी-अनसुनी कर दी और मुझसे कहा, "कुछ भी हो मगर आपके दोस्त असल में बहुत ही बदतमीज़ हैं। यानी इतना भी क्या कि यहाँ हम तीन आदमी बैठे हैं और आप दूसरे कमरे में...लाहौल विलाक़ूवत..."

नासिर को नींद आ रही थी, "अरे भई, अब ख़ुदा के लिए इस सिलसिले को ख़त्म करो...चलें?"

इज़्ज़त भन्ना गयी, "अरे वाह, अरे वाह, ये तो आहिस्ता-आहिस्ता मेरे शौहर ही बन बैठे हैं।"

यह सुनकर मुझे बेअख़्तियार हँसी आ गयी। नासिर भी हँस दिया। हम दोनों हँसे तो इज़्ज़त जहाँ के होंटों पर भी मुस्कराहट आ गयी।

"और क्या! यह आहिस्ता-आहिस्ता ख़ाविन्द बनना ही तो है, यानी मुझ पर रोब जमाया जा रहा है।"

इसके बाद नासिर और इज़्ज़त थोड़ी देर और बैठे, फिर चले गये। पहली मुलाक़ात ख़ासी दिलचस्प रही। हिन्दुस्तान के सोशलिस्ट आन्दोलन के बारे में गो मैं इज़्ज़त जहाँ से लम्बी-चौड़ी बातचीत न कर सका, लेकिन फिर भी उसने मुझ पर बहुत असर डाला और मैंने सोचा कि उससे आगे की मुलाक़ातें सोच-समझ को बहुत उकसाने वाली होंगी।"

मैंने अपना फ़्लैट ले लिया। दिल्ली से बीवी भी आ गयी तो इज़्ज़त एक बार फिर आयी। दोनों पहली ही मुलाक़ात में सहेलियाँ बन गयीं। चूँकि इज़्ज़त जहाँ को हर रोज़ अपने दफ़्तर जाने के लिए शहर आना पड़ता था, इसलिए शाम को घर लौटते हुए अक्सर हमारे यहाँ आ जाती थी।

मैं चाहता था वह मेरे पास बैठे और हम हेगेल, कार्ल मार्क्स, एंगेल्स, बाकुनिन, क्रोपाटकिन और ट्रॉट्स्की के बारे में बातें करें और सोशलिज़्म के हर दौर को सामने रखकर अपने ख़याल ज़ाहिर करें। मगर मेरी बीवी और वह, दोनों दूसरे कमरे में जा कर पलँग पर लेट जाती थीं और जाने क्या-क्या बातें शुरू कर देती थीं। अगर कभी

मैं सोशलिज़्म पर स्टालिन की मौजूदा जंगी पॉलिसी के असर का ज़िक्र छेड़ता तो वह मेरी बीवी से सफ़ेद ऊन का भाव पूछना शुरू कर देती। अगर मैं एम.एन. रॉय के धोखे की बात करता तो वह 'ख़ानदान' फ़िल्म के किसी गीत की तारीफ़ शुरू कर देती थी और अगर मैं उसे अपने पास बैठाकर रूस के मौजूदा जंगी निज़ाम पर बातचीत करने में कामयाब हो जाता तो वह थोड़ी ही देर के बाद उठकर रसोई घर में चली जाती और मेरी बीवी का हाथ बँटाने की ख़ातिर प्याज़ छीलने लगती।

दिन भर वह पार्टी के दफ़्तर में काम करती थी। शाम को थकी हुई घर पहुँचती थी जो दफ़्तर से बीस-पच्चीस मील दूर था। इलेक्ट्रिक ट्रेन में एक-एक घण्टे का सफ़र उसको दिन में दो बार करना पड़ता था। आते और जाते हुए। उसका पति मिल में मुलाज़िम था। महीने में पन्द्रह दिन उसे रात को ड्यूटी देनी पड़ती थी, लेकिन इज़्ज़त ख़ुश थी। मेरी बीवी से कई बार कह चुकी थी, "शादी का मतलब सिर्फ़ बिस्तर नहीं और ख़ाविन्द का मतलब सिर्फ़ रात का साथी नहीं। दुनिया में आदमी सिर्फ़ इसी काम के लिए नहीं भेजा गया।" और मेरी बीवी पर उसकी इस बात का बहुत असर था।

इज़्ज़त जहाँ अपना काम बहुत तन-मन से कर रही थी यह वजह है कि मुझे उसका ध्यान न देना बुरा नहीं मालूम होता था। वह मुझसे ज़्यादा मेरी बीवी के पास बैठना और उससे बातचीत करना पसन्द करती थी। मुझे सिर्फ़ उसी का पूरा ख़याल नहीं था, बल्कि मैं सोच रहा था कि वह मेरी बीवी को, जो मध्यवर्गीय सरमायादारों की ज़ेहनियत की थी, अपना हमख़याल बना लेगी।

एक रोज़ का ज़िक्र है मैं अपने दफ़्तर से जल्द वापस आ गया। शायद दो बजे होंगे। मैंने दरवाज़े पर दस्तक दी। दरवाज़ा मेरी बीवी की बजाय नासिर ने खोला। मैं सीधा अपनी मेज़ की तरफ़ बढ़ा चूँकि हमेशा की तरह मुझे अपना बैग रखना था। नासिर सामने मेरे पलँग पर कम्बल ओढ़ कर लेट गया। उधर सोफ़े पर इज़्ज़त जहाँ लेटी थी।

नासिर ने कहा, "भई, मुझे बुख़ार हो रहा है।"

मैंने इज़्ज़त जहाँ की तरफ़ इशारा करके पूछा, "और आप...?"

इज़्ज़त ने जवाब दिया, "जी नहीं, मैं ऐसे ही लेटी हूँ।"

"रुक़ैया कहाँ है?"

इज़्ज़त ने जवाब दिया, "वे दूसरे कमरे में सो रही हैं।"

"यह क्या, हरेक सो रहा है।" मैंने अपनी बीवी को आवाज़ दी, "रुक़ैया... रुक़ैया!"

अन्दर से नींद-भरी आवाज़ आयी, "जी!"

"अरे भई, इधर आओ...कब तक सोती रहोगी?"

रुक़ैया आँखें मलती-मलती आयी और इज़्ज़त के पास सोफ़े पर बैठ गयी।

नासिर कम्बल ओढ़े लेटा रहा। मैं अपनी बीवी के पास कुर्सी पर बैठ गया। थोड़ी देर गहरी नींद के बारे में बातें होती रहीं चूँकि रुक़ैया हमेशा घोड़े बेच कर सोने की आदी रही है। इसके बाद इज़्ज़त और मेरी बीवी के बीच क्रोशिये और सलाइयों की बातें छिड़ गयीं। इसी दौरान चाय आ गयी। नासिर ने लेटे-लेटे एक प्याली पी ली। मैंने बुख़ार दूर करने के लिए उसे ऐस्प्रो की दो टिकिया दीं जो उसने ले लीं।

डेढ़-दो घण्टे तक ये लोग बैठे रहे। उसके बाद चले गये।

रात को सोने के लिए जब मैं पलँग पर लेटा तो आदत के मुताबिक़ मैंने ऊपर के तकिये को दोहरा किया। क्या देखता हूँ कि निचले तकिये का ग़िलाफ़ ही नहीं है। रुक़ैया से, जो मेरे पास खड़ी अपने कपड़े बदल रही थी, मैंने पूछा, "तकिये पर ग़िलाफ़ क्यों नहीं चढ़ाया?"

रुक़ैया ने ग़ौर से तकिये की तरफ़ देखा और हैरत से कहा, "हाय, सचमुच यह ग़िलाफ़ किधर ग़ायब हो गया...हाँ...वे आपके दोस्त..."

मैंने मुस्कराकर पूछा, "क्या नासिर ले गया?"

"क्या मालूम?" रुक़ैया ने रुक-रुक कर कहा, "हाय, कितनी शरम की बात है। मैंने अभी तक आपको बतायी ही नहीं थी...मैं अन्दर सो रही थी और वे...आपके दोस्त और उसकी बीवी...लानत भेजिए—बड़े बदतमीज़ निकले हैं।"

दूसरे रोज़ तकिये का ग़िलाफ़ पलँग के नीचे से मिला जिसको चूहों और काकरोचों ने जगह-जगह से धुन डाला था और ऐस्प्रो की दो टिकिया जो मैंने नासिर को बुखार दूर करने के लिए दी थीं; वे भी पलँग के नीचे से मिल गयीं।

इज़्ज़त के लिए

चूनीलाल ने अपनी मोटर साइकिल स्टॉल के साथ रोकी और गद्दी पर बैठे-बैठे सुबह के ताज़ा अख़बारों की सुर्ख़ियों पर नज़र डाली। साइकिल रुकते ही स्टॉल पर बैठे हुए दोनों मुलाज़िमों ने उसे नमस्ते कही थी, जिसका जवाब चूनीलाल ने अपने सिर की हल्की-सी जुम्बिश से दे दिया था। सुर्ख़ियों पर सरसरी नज़र डाल कर चूनी लाल ने एक बँधे हुए बण्डल की तरफ़ हाथ बढ़ाया जो उसे फ़ौरन दे दिया गया। उसके बाद उसने अपनी बी.एस.ए. मोटर साइकिल का इंजन स्टार्ट किया और ये जा वो जा।

मॉडर्न न्यूज़ एजेन्सी क़ायम हुए पूरे चार बरस हो चले थे। चूनीलाल उसका मालिक था लेकिन इन चार बरसों में वह एक दिन भी स्टॉल पर नहीं बैठा था। वह हर रोज़ सुबह अपनी मोटर साइकिल पर आता, मुलाज़िमों की नमस्ते का जवाब सिर की हल्की-सी जुम्बिश से देता, लाज़ा अख़बारों की सुर्ख़ियाँ एक नज़र देखता, हाथ बढ़ा कर बँधा हुआ बण्डल लेता और चला जाता।

चूनीलाल का स्टॉल मामूली स्टॉल नहीं था, हालाँकि अमृतसर में लोगों की अंग्रेज़ी और अमरीकी रिसालों और पर्चों से कोई इतनी दिलचस्पी नहीं थी, लेकिन मॉडर्न न्यूज़ एजेन्सी हर अच्छा अंग्रेज़ी और अमरीकी रिसाला मँगवाती थी, बल्कि यों कहना चाहिए कि चूनीलाल मँगवाता था, हालाँकि उसे पढ़ने-वढ़ने का बिलकुल शौक़ नहीं था।

शहर में बहुत कम लोग जानते थे कि मॉडर्न न्यूज़ एजेन्सी खोलने से चूनी लाल का असल मक़सद क्या था। यूँ तो उससे चूनीलाल को ख़ासी आमदनी हो जाती थी, इसलिए कि वह क़रीब-क़रीब हर बड़े अख़बार का एजेण्ट था, लेकिन समन्दर पार से जो अख़बार और रिसाले आते, बहुत ही कम बिकते, तो भी हर हफ़्ते विलायत से मॉडर्न न्यूज़ एजेन्सी के नाम कई ख़ूबसूरत बण्डल और पैकेट आते ही रहते। असल में चूनीलाल ये पर्चे और रिसाले बेचने के लिए नहीं, बल्कि मुफ़्त बाँटने के लिए मँगवाता था। इसलिए हर रोज़ सुबह-सवेरे वह उन्हीं पर्चों का बण्डल लेने आता था जो उसके मुलाज़िमों ने बाँधकर अलग रख छोड़े होते थे।

शहर के जितने बड़े अफ़सर थे, सब चूनीलाल के वाक़िफ़ थे। कुछ की

जान-पहचान सिर्फ़ यहीं तक सीमित थी कि हर हफ़्ते उनके यहाँ जो अंग्रेजी और अमरीकी पर्चे आते हैं, शहर में कोई मॉडर्न न्यूज़ एजेन्सी है, उसका मालिक चूनीलाल है, वह भेजता है और बिल कभी नहीं देता। कुछ ऐसे भी थे जो उसको बहुत अच्छी तरह जानते थे। मिसाल के तौर पर उनको मालूम था कि चूनीलाल का घर बहुत ही ख़ूबसूरत है। है तो छोटा-सा मगर बहुत-ही नफ़ीस तरीक़े से सजा है। एक नौकर है—रामा—बड़ा साफ़-सुथरा और सौ फ़ीसदी नौकर, समझदार, मामूली-सा इशारा समझने वाला। जिसको सिर्फ़ अपने काम से ग़रज़ है। दूसरे क्या करते हैं क्या नहीं करते इससे उसको दिलचस्पी नहीं। चूनीलाल घर पर मौजूद हो जब भी एक बात है, मौजूद न हो जब भी एक बात। मेहमान किस ग़रज़ से आया है यह उसको उसकी शक्ल देखते ही मालूम हो जाता है, कभी ज़रूरत महसूस नहीं होगी कि उससे सोडे-बरफ़ के लिए कहा जाय या पानों का ऑर्डर दिया जाये। हर चीज़ ख़ुद-ब-ख़ुद वक़्त पर मिल जायेगी और फिर ताक-झाँक का कोई खटका नहीं, इस बात का भी कोई डर नहीं कि बात कहीं बाहर निकल जायेगी। चूनीलाल और उसका नौकर रामा, दोनों के होंट दरिया-के-दरिया पीने पर भी सूखे ही रहते थे।

मकान बहुत ही छोटा था, बम्बइया स्टाइल का। यह चूनीलाल ने ख़ुद बनवाया था। बाप के मरने पर उसे दस हज़ार रुपये मिले थे जिसमें से पाँच हज़ार उसने अपनी छोटी बहन रूपा को दे दिये थे और पुश्तैनी मकान भी और ख़ुद अलग हो गया था। रूपा अपनी माँ के साथ उसमें रहती थी और चूनीलाल अलग अपने बम्बइया स्टाइल के मकान में। शुरू-शुरू में माँ-बहन ने बहुत कोशिश की कि वह उनके साथ रहे। साथ न रहे तो कम-से-कम उनसे मिलता ही रहे, मगर चूनीलाल को उन दोनों से कोई दिलचस्पी नहीं थी। इसका यह मतलब नहीं कि उसे अपनी माँ और बहन से नफ़रत थी। दरअसल उसे शुरू ही से उन दोनों से कोई दिलचस्पी नहीं थी। अलबत्ता बाप से ज़रूर थी कि वह थानेदार था। लेकिन जब वह रिटायर हुआ तो उससे भी चूनीलाल को कोई दिलचस्पी न रही। जब उसे कॉलेज में किसी से कहना पड़ता कि उसके पिता रिटायर्ड पुलिस इन्स्पेक्टर हैं तो उसे बहुत खीझ होती।

चूनीलाल को अच्छे कपड़ों और अच्छे खाने का बहुत शौक़ था। तबियत में नफ़ासत थी इसलिए वे लोग जो उसके मकान में एक बार भी गये, उसके सलीक़े की तारीफ़ अब तक करते हैं। एन.डब्ल्यू.आर. के एक नीलाम में उसने रेल के डिब्बे की एक सीट ख़रीदी थी। उसको उसने अपने दिमाग़ से बहुत ही उम्दा दीवान में तब्दील करवाया था। चूनीलाल को यह इतना पसन्द था कि उसे अपने सोने के कमरे में रखवाया हुआ था।

शराब उसने कभी छुई नहीं थी, लेकिन दूसरों को पिलाने का बहुत शौक़ था।

ऐरों-ग़ैरों को नहीं, ख़ासुल्ख़ास आदमियों को, जिनकी सोसाइटी में ऊँची पोज़िशन हो। जो कोई रुतबा रखते हों इसलिए ऐसे लोगों की वह दावत करता, किसी होटल या कहवाख़ाने में नहीं, बल्कि अपने घर में जो उसने ख़ास अपने लिए बनवाया था।

ज़्यादा पीने पर अगर किसी की तबियत ख़राब हो जाये तो उसे किसी तरद्दुद की ज़रूरत न होती, क्योंकि चूनीलाल के पास ऐसी चीज़ें हर वक़्त मौजूद रहती थीं जिनसे नशा कम हो जाता था। डर के मारे कोई घर न जाना चाहे तो अलहदा दो सजे-सजाये कमरे मौजूद थे। छोटा-सा हॉल था। उसमें कभी-कभी मुजरे भी होते थे।

अक्सर ऐसा भी हुआ कि चूनीलाल के उस मकान में उसके दोस्त कई-कई दिन और कई-कई रातें अपनी सहेलियों समेत रहे। लेकिन उसने उनकी ज़रा भी ख़बर न होने दी कि वह सब कुछ जानता है। अलबत्ता जब उसका कोई दोस्त उसकी उन नवाज़िशों का शुक्रिया अदा करता तो चूनीलाल उम्मीद के ख़िलाफ़ बेतकल्लुफ़ हो कर कहता, "क्या कहते हो यार, मकान तुम्हारा अपना है।" आम बातचीत में वह अपने दोस्तों के ऊँचे रुतबे को देखते हुए ऐसा तकल्लुफ़ कभी नहीं बरतता था।

चूनीलाल का बाप लाला गिरधारी लाल ऐन उस वक़्त रिटायर हुआ जब चूनीलाल थर्ड डिविजन में एण्ट्रेन्स पास करके कॉलेज में दाख़िल हुआ। पहले तो यह था कि सुबह-शाम घर पर मिलने वालों का ताँता बँधा रहता था। डालियों पर डालियाँ आ रही हैं। रिश्वत का बाज़ार गर्म है। तनख़्वाह तो सीधी बैंक में चली जाती थी। लेकिन रिटायर होने पर कुछ ऐसा पासा पलटा कि लाला गिरधारी लाल का नाम ही जैसे बड़े आदमियों के रजिस्टर से कट गया। यों तो जमा-पूँजी काफ़ी थी लेकिन ताला गिरधारी लाल ने बेकार बैठे कुछ किया कर, मकानों का सट्टा खेलना शुरू कर दिया और दो बरसों ही में आधी से ज़्यादा जायदाद गँवा दी। फिर लम्बी बीमारी ने आ घेरा। चूनीलाल पर इन सारी घटनाओं का अजीबो-ग़रीब असर हुआ। लाला गिरधारी लाल का हाल पतला होने के साथ चूनीलाल के दिल में अपना पुराना ठाठ और अपनी पुरानी साख क़ायम रखने की ख़्वाहिश बढ़ती गयी और आख़िर में उसके ज़ेहन ने आहिस्ता-आहिस्ता कुछ ऐसी करवट बदली कि वह बड़े आदमियों का बज़ाहिर संगी-साथी था, हम-प्याला और हम-निवाला था; लेकिन असल में वह उनसे बहुत दूर था—उनके रुतबे से, उनकी जगह और दरजे से अलबत्ता उसका वही रिश्ता था जो एक मूरत से पुजारी का होता है या मालिक से किसी गुलाम का।

हो सकता है कि चूनीलाल ने वजूद के किसी कोने में बहुत ही बड़ा आदमी बनने की ख़्वाहिश थी जो वहीं-की-वहीं दब गयी और यह सूरत अख़्तियार कर

गयी जो अब उसके दिल और दिमाग़ में थी। लेकिन यह ज़रूर है कि जो कुछ भी वह करता, उसमें हद दर्जे की सच्चाई थी। कोई बड़ा आदमी उससे मिले-न मिले, यही काफ़ी था कि वह उसके दिये अमरीकी और अंग्रेज़ी पर्चे एक नज़र देख लेता है।

दंगे अभी शुरू नहीं हुए थे, बल्कि यो कहना चाहिए कि बँटवारे की बात भी अभी नहीं चली थी कि चूनीलाल की बहुत दिनों की मुराद पूरी होती नज़र आयी। एक बहुत ही बड़े अफ़सर थे जिनसे चूनीलाल की जान-पहचान न हो सकी थी। एक बार उसके मकान पर शहर की सबसे ख़ूबसूरत तवायफ़ का मुजरा हुआ। कुछ दोस्तों के साथी उस बड़े अफ़सर का शर्मीला बेटा हरबंस भी चला आया। इसलिए जब उस नौजवान से चूनीलाल की दोस्ती हो गयी उसने समझा कि एक-न-एक दिन उसके बाप से भी राह-रस्म पैदा हो ही जायेगी।

हरबंस, जिसने गुलछर्रे उड़ाने की राह पर नया-नया क़दम रखा था, बहुत ही अल्हड़ था। चूनीलाल ख़ुद तो शराब नहीं पीता था, लेकिन हरबंस का शौक़ पूरा करने के लिए और उसे शराबनोशी का तौर-तरीक़ा सिखाने के लिए उसे भी पीनी पड़ी। लेकिन बहुत ही थोड़ी मिक़दार में...

लड़के को शराब पीनी आ गयी तो उसके दिल में किसी और चीज़ की चाहत जगी। चूनीलाल ने यह भी मुहैया कर दी और कुछ इस अन्दाज़ से कि हरबंस को झेंपने का मौक़ा न दिया।

जब कुछ दिन गुज़र गये तो चूनीलाल को महसूस हुआ कि हरबंस ही की दोस्ती काफ़ी है, क्योंकि उसी के ज़रिये वह लोगों की सिफ़ारिशें पूरी करा लेता था। वैसे तो शहर में चूनीलाल के असर और रसूख़ का हर शख़्स क़ायल था लेकिन जब से हरबंस उसके परिचय के दायरे में आया था, उसकी धाक और भी ज़्यादा जम गयी थी।

अक्सर लोग यही समझते थे कि चूनीलाल अपने असर और रूसूख़ से ज़ाती फ़ायदा उठाता है, लेकिन असलियत यह है कि उसने अपने लिए कभी किसी से सिफ़ारिश नहीं की थी। उसको शौक था दूसरों के काम करने का और उन्हें अपने एहसानों का शुक्रगुज़ार बनाने का, बल्कि यों कहिए कि उनके दिलों-दिमाग़ पर कुछ ऐसे ख़यालात तारी करने का कि भई, कमाल है—एक मामूली-सी न्यूज़ एजेन्सी का मालिक है, लेकिन बड़े-बड़े हाकिमों तक उसकी रसाई है। कुछ लोग यह समझते थे कि वह ख़ुफ़िया पुलिस का आदमी है। जितने मुँह, उतनी बातें। लेकिन हक़ीक़त में चूनीलाल जो कुछ था, वह बहुत कम आदमी जानते थे।

एक को ख़ुश कीजिए तो बहुत सों को नाराज़ करना पड़ता है। इसलिए जहाँ लोग चूनीलाल के एहसानमन्द थे, वहीं दुश्मन भी थे और इस ताक में रहते थे कि मौक़ा मिले और उससे बदला लें।

दंगे शुरू हुए तो चूनीलाल की मसरूफ़ियत बढ़ गयी। उसने मुसलमानों और हिन्दुओं, दोनों के लिए काम किया। लेकिन सिर्फ़ उन्हीं के लिए जिनका सोसाइटी में कोई दर्जा था। उसके घर की रौनक़ भी बढ़ गयी। क़रीब-क़रीब रोज़ ही कोई-न-कोई सिलसिला रहता। स्टोर-रूम, जो सीढ़ियों के नीचे था, शराब और बियर की ख़ाली बोतलों से भर गया था।

हरबंस का अल्हड़पन अब बहुत हद तक दूर हो चुका था। अब उसे चूनीलाल की मदद की ज़रूरत नहीं थी। बड़े आदमी का लड़का था। फ़सादों ने दस्तरख़ान बिछा कर नित नयी चीज़ें उसके लिए चुन दी थीं। इसलिए क़रीब-क़रीब हर रोज़ वह चूनीलाल के मकान में मौजूद होता।

रात के बारह बजे होंगे, चूनीलाल अपने कमरे में रेलगाड़ी की सीट से बनाये हुए दीवान पर बैठा अपनी पिस्तौल को उँगली पर घुमा रहा था कि दरवाज़े पर ज़ोर की दस्तक हुई। चूनीलाल चौंक पड़ा और सोचने लगा—बलवाई? नहीं! रामा? नहीं! वह तो कई दिनों से कर्फ़्यू की वजह से नहीं आ रहा था।

दरवाज़े पर फिर दस्तक हुई और हरबंस की सहमी हुई, डरी हुई आवाज़ आयी—चूनीलाल ने दरवाज़ा खोला। हरबंस का रंग हल्दी की तरह पीला पड़ा हुआ था। होंट तक पीले थे। चूनीलाल ने पूछा, "क्या हुआ?"

"वह...वह..." आवाज़ हरबंस के सूखे हुए गले में अटक गयी।

चूनीलाल ने उसको दिलासा दिया, "घबराइए नहीं...बताइए, क्या हुआ है?"

हरबंस ने अपने ख़ुश्क होंटों पर ज़बान फेरी, "वह...वह...लहू बन्द ही नहीं होता...लहू।"

चूनीलाल समझा था कि शायद लड़की मर गयी है, चुनांचे उसे नाउम्मीदी-सी हुई, क्योंकि वह लाश को ठिकाने लगाने की पूरी स्कीम अपने होशियार दिमाग़ में तैयार कर चुका था। ऐसे मौकों पर जब उसके घर में उसके मेहमान किसी मुश्किल में गिरफ़्तार हो जायें, चूनीलाल का दिमाग़ ग़ैर-मामूली तौर पर मुस्तैद हो जाता था। मुस्करा कर उसने हरबंस की तरफ़ देखा, जो लरज़ रहा था, "मैं सब ठीक किये देता हूँ...आप घबराइए नहीं।"

यह कह कर उसने उस कमरे का रुख़ किया जिसमें हरबंस तक़रीबन सात बजे से एक लड़की के साथ जाने क्या करता रहा था। चूनीलाल ने एकदम से बहुत-सी बातें सोचीं—डॉक्टर...नहीं—बात बाहर निकल जायेगी। एक बहुत बड़े आदमी की इज़्ज़त का सवाल है और यह सोचते हुए उसे अजीबो-ग़रीब क़िस्म की ख़ुशी महसूस हुई कि वह एक बहुत बड़े आदमी की आबरू का रखवाला है।

रामा...कर्फ़्यू की वजह से वह कई दिनों से नहीं आ रहा था...बर्फ़?...हाँ, बर्फ़ ठीक है। रेफ़्रिजेरेटर मौजूद था...लेकिन सबसे बड़ी परेशानी चूनीलाल को यह थी कि वह लड़कियों और औरतों के ऐसे मामलों से बिलकुल बेख़बर था। लेकिन

उसने सोचा, कुछ भी हो, कोई-न-कोई उपाय निकालना ही पड़ेगा।

चूनीलाल ने कमरे का दरवाज़ा खोला और अन्दर दाख़ित हुआ। सागवान के स्प्रिंगों वाले पलँग पर एक लड़की लेटी थी और सफ़ेद चादर ख़ून में लिथड़ी हुई थी। चूनीलाल को बहुत घिन आयी। लेकिन वह आगे बढ़ा। लड़की ने करवट बदली और एक चीख़ उसके मुँह से निकली—"भैया!"

चूनीलाल ने भिंची हुई आवाज़ में कहा, "रूपा!" और उसके दिमाग़ में ऊपर-तले सैकड़ों बातों का अम्बार-सा लग गया। उनमें सबसे ज़रूरी बात यह थी कि हरबंस को पता न चले कि रूपा उसकी बहन है। इसलिए उसने मुँह पर उँगली रख कर रूपा को ख़ामोश रहने का इशारा किया और बाहर निकल कर मामले पर ग़ौर करने के लिए दरवाज़े की तरफ़ बढ़ा।

दहलीज़ में हरबंस खड़ा था। उसका रंग अब पहले से भी ज़र्द था। होंट बिलकुल बेजान हो गये थे। आँखों में दहशत थी। चूनीलाल को हू-ब-हू देख कर वह पीछे हट गया।

चूनीलाल ने दरवाज़ा भेड़ दिया। हरबंस की टाँगें काँपने लगीं।

चूनीलाल ख़ामोश था। उसके चेहरे का कोई ख़त बिगड़ा हुआ नहीं था। असल में वह सारे मामले पर ग़ौर कर रहा था, इस क़दर गहराई से सोच रहा था कि वह हरबंस की मौजूदगी से भी ग़ाफ़िल था। मगर हरबंस को चूनीलाल की ग़ैर मामूली ख़ामोशी में अपनी मौत दिखायी दे रही थी। चूनीलाल अपने कमरे की तरफ़ बढ़ा तो हरबंस ज़ोर से चीख़ा और दौड़ कर उसमें दाखिल हुआ। बहुत ज़ोर से काँपते हुए हाथों से रेलगाड़ी की सीट वाले दीवान से पिस्तौल उठाया और बाहर निकल कर चूनीलाल की तरफ़ तान दिया।

चूनीलाल फिर भी कुछ न बोला। वह अभी तक मामले को सुलझाने की फ़िक्र में डूबा था। सवाल एक बहुत बड़े आदमी की इज़्ज़त का था।

पिस्तौल हरबंस के हाथ में कँपकँपाने लगा। वह चाहता था कि जल्द फ़ैसला हो जाये, लेकिन वह अपनी पोज़िशन साफ़ करना चाहता था। चूनीलाल और हरबंस दोनों कुछ देर खामोश रहे। लेकिन हरबंस ज़्यादा देर तक चुप न रह सका। उसके दिलो-दिमाग़ में बड़ी हलचल मची हुई थी। इसलिए एकदम उसने बोलना शुरू किया, "मैं...मैं...मुझे मालूम नहीं...मुझे बिल्कुल मालूम नहीं था कि यह...कि यह तुम्हारी बहन है...यह सारी शरारत उस मुसलमान की है...उस मुसलमान सब इन्स्पेक्टर की...क्या नाम है उसका...क्या नाम है उसका...मुहम्मद तुफ़ैल...हाँ, हाँ मुहम्मद तुफ़ैल...नहीं नहीं...बशीर अहमद...नहीं नहीं...मुहम्मद तुफ़ैल...वही तुफ़ैल जिसकी तरक़्क़ी तुमने रुकवायी थी...उसने मुझे यह लड़की ला कर दी और कहा मुसलमान है...अगर मुझे मालूम होता कि तुम्हारी बहन है तो क्या उसे यहाँ लेकर आता?...तुम...तुम...तुम...बोलते क्यों नहीं...तुम बोलते क्यों नहीं।" और उसने

चिल्लाना शुरू कर दिया, "तुम बोलते क्यों नहीं...तुम मुझसे बदला लेना चाहते हो...तुम मुझसे बदला लेना चाहते हो...लेकिन मैं कहता हूँ मुझे कुछ मालूम नहीं था...मुझे कुछ मालूम नहीं था...मुझे कुछ मालूम नहीं था।"

चूनीलाल ने हौले से कहा, "घबराइए नहीं, आपके पिता जी की इज़्ज़त का सवाल है।" लेकिन हरबंस चीख़ चिल्ला रहा था। उसने कुछ न सुना और काँपते हुए हाथों से पिस्तौल दाग़ दिया।

तीसरे रोज़ कर्फ़्यू टलने पर चूनीलाल के दो नौकरों ने मॉडर्न न्यूज़ एजेन्सी का स्टॉल खोला। ताज़ा अख़बार अपनी-अपनी जगह पर रखे। चूनीलाल के लिए अख़बारों और रिसालों को बाँधकर अलग रख दिया मगर वह न आया।

कई राह चलते आदमियों ने ताज़ा अख़बारों की सुर्ख़ियों पर नज़र डालते हुए मालूम किया कि मॉडर्न न्यूज़ एजेन्सी के मालिक चूनीलाल ने अपनी सगी बहन के साथ मुँह काला किया और बाद में गोली मार कर ख़ुदकुशी कर ली।

हारता चला गया

लोगों को सिर्फ़ जीतने में मज़ा आता है, लेकिन उसे जीत कर हार देने में ख़ुशी होती है।

जीतने में उसे कभी इतनी दिक़्क़त महसूस नहीं हुई, लेकिन हारने में ज़रूर कई बार उसे काफ़ी मेहनत करनी पड़ी। शुरू-शुरू में, बैंक की नौकरी करते हुए, जब उसे ख़याल आया कि उसके पास भी दौलत का अम्बार होना चाहिए तो उसके मित्रों और सगे-सम्बन्धियों ने इस ख़याल की हँसी उड़ायी थी। मगर जब वह बैंक की नौकरी छोड़ कर बम्बई चला गया तो थोड़े ही समय के बाद उसने रुपये-पैसे से अपने मित्रों और सम्बन्धियों की मदद करनी शुरू कर दी।

बम्बई में उसके लिए कई मैदान थे, पर उसने अपने लिए फ़िल्मी दुनिया को ही चुना। उसमें पैसा था, इज़्ज़त थी। उसमें चल-फिर कर, वह दोनों हाथों से दौलत बटोर सकता था और दोनों ही हाथों से लुटा भी सकता था। इसीलिए वह अभी तक इसी मैदान का खिलाड़ी है।

लाखों नहीं, करोड़ों रुपया उसने कमाया और लुटा दिया। कमाने में इतनी देर न लगी, जितनी लुटाने में। एक फ़िल्म के लिए गीत लिखे। लाख रुपये धरवा लिए। लेकिन एक लाख रुपयों को रण्डियों के कोठों पर, भड़वों की महफ़िल में, घुड़-दौड़ के मैदानों में और जुआ-घरों में हारते हुए—उसे काफ़ी देर लगी।

एक फ़िल्म बनायी। दस लाख का फ़ायदा हुआ। अब इस रकम को इधर-उधर लुटाने का सवाल पैदा हुआ। चुनांचे, उसने अपने हर क़दम में फिसलन पैदा कर ली। तीन मोटरें ख़रीद लीं—एक नयी और दो पुरानी, जिनके बारे में उसे अच्छी तरह पता था कि बिलकुल बेकार हैं। ये गाड़ियाँ उसने घर के बाहर गलने-सड़ने के लिए रख दीं। जो नयी थी, उसको गैराज में बन्द कर दिया—इस बहाने से कि पेट्रोल नहीं मिलता। उसके लिए टैक्सी ठीक थी। सुबह ली, एक मील के बाद रुकवा ली। किसी जुआख़ाने में चले गये। दो-ढाई हज़ार रुपये हार कर, दूसरे दिन बाहर निकले। टैक्सी बाहर खड़ी थी। उसमें बैठे और घर चले गये और जान-बूझ कर किराया देना भूल गये। शाम को बाहर निकले और टैक्सी खड़ी देख कर कहा, 'अरे नालायक, तुम अभी तक यहीं खड़े हो। चलो मेरे साथ दफ़्तर; तुम्हें पैसे

दिलवा दूँ'...दफ़्तर पहुँच कर फिर किराया देना भूल गये और...

एक के बाद एक, दो-तीन फ़िल्में हिट हो गयीं। कामयाबी के जितने भी रिकॉर्ड थे, सब टूट गये, दौलत के अम्बार लग गये, शोहरत आसमान तक जा पहुँची। झुँझला कर, उसने दो-तीन ऐसी फ़िल्में बनायीं, जिनकी नाकामी ख़ुद अपनी मिसाल बन गयी। अपनी तबाही के लिए दूसरों को भी बरबाद कर दिया। लेकिन फ़ौरन ही आस्तीनें चढ़ायीं। जो तबाह हो गये थे, उन्हें दिलासा दिया और एक ऐसी फ़िल्म बनायी, जो सोने की खान साबित हुई।

औरतों के सम्बन्ध में भी उसकी हार-जीत का यही चक्कर चलता रहा। किसी महफ़िल या किसी कोठे से एक औरत उठायी; उसको बना-सँवार कर, शोहरत के ऊँचे आसन पर बिठा दिया; फिर उसके नारीत्व का सारा रूप बिगाड़ने के बाद उसे ऐसे मौक़े दिये कि वह किसी दूसरे के गले में अपनी बाँहें डाल दे।

बड़े-बड़े पूँजीपतियों और बड़े-बड़े ख़ूबसूरत प्रेमियों से मुक़ाबिला हुआ। सिर-धड़ की बाज़ियाँ लगीं। राजनीति की बिसातें बिछीं। लेकिन वह इन तमाम काँटेदार झाड़ियों में हाथ डाल कर, अपना मन-पसन्द फूल नोच कर ले आया। दूसरे दिन ही उसको अपने कोट में लगाया और किसी रक़ीब को मौक़ा दे दिया कि वह झपट्टा मार कर ले जाय।

उन दिनों, जब वह फ़ारस रोड के एक जुआख़ाने में लगातार दस रोज़ से जा रहा था—उस पर हारने ही की धुन सवार थी। यूँ तो उसने अभी ताज़ा-ताज़ा एक बहुत ही सुन्दर ऐक्ट्रेस हारी थी और दस लाख रुपये एक फ़िल्म में तबाह कर दिये थे। मगर इन दो दुर्घटनाओं से उसे तसल्ली नहीं हुई थी। ये दोनों चीज़ें तो अचानक ही उसके हाथ से निकल गयी थीं। उसका अन्दाज़ा इस बार ग़लत साबित हुआ था। इसलिए यही वजह थी कि वह रोज़ फ़ारस रोड के जुआख़ाने में नाप-तौल कर एक निश्चित रक़म हार रहा था।

हर रोज़ शाम को अपनी जेब में दो सौ रुपये डाल कर वह पवन पुल की तरफ़ जाता। उसकी टैक्सी, टकियाइयों की जँगला लगी दुकानों के साथ-साथ चलती और दूर जा कर बिजली के एक खम्भे के पास रुक जाती। वह बाहर निकलता। अपनी नाक पर मोटे-मोटे शीशों वाली ऐनक अच्छी तरह जमाता। धोती की लाँग ठीक करता और एक नज़र दायीं ओर देख कर, जहाँ लोहे के जँगले के पीछे, एक बहुत ही बदसूरत औरत, टूटा हुआ शीशा रखे, सिंगार में व्यस्त होती, ऊपर बैक में चला जाता।

दस दिन से वह लगातार फ़ारस रोड के इस जुआ-घर में, दो सौ रुपये हारने के लिए आ रहा था। कभी तो ये रुपये दो-तीन हाथों में ही ख़त्म हो जाते और कभी उनको हारते-हारते सुबह हो जाती।

ग्यारहवें दिन, जब बिजली के खम्भे के पास टैक्सी रुकी और उसने अपनी

नाक पर मोटे-मोटे शीशों वाली ऐनक जमा कर और धोती की लाँग ठीक करके, एक नज़र बायीं तरफ़ देखा, तो उसे सहसा यह एहसास हुआ कि वह पिछले दस दिनों से लगातार इस बदसूरत औरत को देख रहा है। वह सदा ही तरह, टूटा हुआ शीशा सामने रखे, लकड़ी के तख़्त पर बैठी, सिंगार में व्यस्त थी।

लोहे के जँगले के पास आ कर उसने ध्यान से इस अधेड़ उम्र की औरत को देखा—काला रंग, चिकनी जिल्द, गालों और ठुड्डी पर नीले रंग के, छोटे-छोटे, सुई से गोदे हुए दायरे, जो चमड़ी की रंगत में लगभग मिल गये थे। दाँत बड़े ही बेढंगे। मसूढ़े पान और तम्बाकू से गले हुए। उसने सोचा, इस औरत के पास कौन आता होगा।

लोहे के जँगले की तरफ़ उसने एक क़दम और बढ़ाया तो वह बदसूरत औरत मुस्करायी। शीशा एक तरफ़ रख कर, उसने बड़े ही भौण्डेपन से कहा—'क्यों सेठ, रहेगा?' उसने और ज्यादा ग़ौर से उस औरत की तरफ़ देखा, जिसे इस उम्र में भी उम्मीद थी कि अब भी उसके गाहक हैं। उसे बड़ा आश्चर्य हुआ। चुनांचे उसने पूछा, 'बाई, तुम्हारा उम्र क्या होगी?'

यह सुन कर औरत के दिल को शायद धक्का-सा लगा। मुँह बिसूर कर उसने शायद मराठी भाषा में गाली दी। उसको अपनी ग़लती महसूस हुई। लिहाज़ा, उसने बड़ी निश्छलता के साथ उससे कहा, 'बाई, मुझे माफ़ कर दो। मैंने ऐसे ही पूछा था, लेकिन मेरे लिए यह बड़े अचम्भे की बात है—हर रोज़ तुम सज-धज कर यहाँ बैठती हो। क्या तुम्हारे पास कोई आता है?'

औरत ने कोई जवाब नहीं दिया। उसने फिर अपनी ग़लती महसूस की और बिना किसी उत्सुकता के पूछा, 'तुम्हारा नाम क्या है?'

औरत, जो पर्दा हटा कर अन्दर जाने वाली थी, रुक गयी और बोली—'गंगू बाई।'

'गंगू बाई, तुम हर रोज़ कितना कमा लेती हो?'

उसके स्वर में हमदर्दी थी। गंगू बाई लोहे की सलाख़ों के पास आ गयी—'छह-सात रुपये... कभी कुछ भी नहीं।'

'छह-सात रुपये और कभी कुछ भी नहीं,' गंगू बाई के ये शब्द दोहराते हुए, उसे उन दो सौ रुपयों का ख़याल आया, जो उसकी जेब में पड़े थे और जिनको वह सिर्फ़ हार देने के लिए अपने साथ लाया था। उसे सहसा एक ख़याल आया—'देखो गंगू बाई, तुम रोज़ाना छह-सात कमाती हो—मुझसे दस ले लिया करो।'

'रहने के लिए।'

'नहीं...लेकिन तुम यही समझना कि मैं रहने के लिए दे रहा हूँ,' यह कर कर, उसने जेब में हाथ डाला और दस रुपये का एक नोट निकाल कर, सलाख़ों में से अन्दर गुज़ार दिया—'यह लो।'

गंगू बाई ने नोट ले लिया। लेकिन उसका चेहरा, सवाल बना हुआ था।

'देखो गंगू बाई, मैं तुम्हें हर रोज़ इसी समय दस रुपये दे दिया करूँगा, लेकिन एक शर्त पर।'

'सरत?'

'शर्त यह है कि दस रुपये लेने के बाद, तुम खाना-वाना खा कर, अन्दर सो जाया करो... रात को मैं तुम्हारी बत्ती जलती न देखूँ।'

गंगू बाई के होंटों पर एक अजीबो-ग़रीब मुस्कराहट फैली।

'हँसो नहीं, मैं अपने वचन का पक्का रहूँगा।'

यह कह कर, वह ऊपर जुआख़ाने में चला गया। सीढ़ियों में उसने सोचा, मुझे तो ये रुपये हारने ही होते हैं। दो सौ न सही, एक सौ नब्बे ही सही।

कई दिन बीत गये। हर रोज़, हस्बे-मामूल, उसकी टैक्सी शाम के वक़्त बिजली के खम्भे के पास रुकती। दरवाज़ा खोल कर वह बाहर निकलता। मोटे शीशों वाली ऐनक में से दायीं तरफ़ गंगू बाई को लोहे की सलाख़ों के पीछे तख़्त पर बैठी देखता।

अपनी धोती की लाँग ठीक करता, जँगले के पास पहुँचता और दस रुपये का एक नोट निकाल कर गंगू बाई को दे देता। गंगू बाई नोट को माथे से छू कर सलाम करती और वह एक सौ नब्बे रुपये हारने के लिए ऊपर को पर चला ज़ाता। इस बीच, दो-तीन बार रुपया हारने के बाद, जब वह रात कोठे ग्यारह-बारह बजे या दो-तीन बजे नीचे उतरा तो उसने गंगू बाई की दुकान बन्द पायी।

एक दिन, हमेशा की तरह दस रुपये दे कर, जब वह को पर गया तो दस बजे ही छुट्टी पा गया। ताश के पत्ते कुछ ऐसे पड़े कि कुछ घण्टों में ही एक सौ नब्बे रुपयों का सफ़ाया हो गया। कोठे से नीचे उतर कर जब वह टैक्सी में बैठने लगा तो उसने क्या देखा कि गंगू बाई की दुकान खुली है और वह लोहे के जँगले के पीछे तख़्त पर यूँ बैठी है, जैसे गाहकों की प्रतीक्षा कर रही हो।

टैक्सी में से बाहर निकल कर वह उसकी दुकान की तरफ़ बढ़ा। गंगू बाई ने उसे देखा तो घबरा गयी, लेकिन वह पास पहुँच चुका था।

'गंगू बाई यह क्या?'

गंगू बाई ने कोई जवाब नहीं दिया।

'बहुत अफ़सोस है, तुमने अपना वचन पूरा न किया...मैंने तुमसे कहा था—रात को मैं तुम्हारी बत्ती जलती न देखूँ...

लेकिन तुम यहाँ इस तरह बैठी हो।'

उसके लहजे में दुख था। गंगू बाई सोच में पड़ गयी।

'तुम बहुत बुरी हो,' यह कह कर वह जाने लगा।

गंगू बाई ने आवाज़ दी, 'ठहरो सेठ।'

वह ठहर गया। गंगू बाई ने धीरे-धीरे, एक-एक शब्द चबाते हुए कहा—'मैं बहुत बुरी हूँ। पर यहाँ चाँगली कौन है? ...सेठ, तुम दस रुपये दे कर एक की बत्ती बुझाते हो...जरा देखो तो कितनी बत्तियाँ जल रही हैं।'

उसने एक तरफ़ हट कर गली के साथ-साथ दौड़ती हुई जँगला-लगी दुकानों की तरफ़ देखा। एक न-ख़त्म-होने वाली कतार थी और बेशुमार बत्तियाँ रात की मटमैली फ़िज़ा में सुलग रही थीं।

'क्या तुम ये सब बत्तियाँ बुझा सकते हो?'

उसने अपनी ऐनक के मोटे-मोटे शीशों में से पहले गंगू बाई के सिर पर लटकते हुए बल्ब को देखा, फिर गंगू बाई के मटमैले चेहरे को और गर्दन झुका कर कहा, 'नहीं गंगू बाई, नहीं।'

जब वह टैक्सी में बैठा तो उसकी जेब की तरह उसका दिल भी ख़ाली था।

परी

कश्मीरी गेट देहली के एक फ़्लैट में अनवर की मुलाक़ात 'परवेज़' से हुई। वह क़तअन मुतास्सिर न हुआ। 'परवेज़' निहायत ही बेजान चीज़ थी। अनवर ने जब उसकी तरफ़ देखा और उसको आदाब अर्ज़ कहा तो उसने सोचा "ये क्या है औरत है या मूली?"

'परवेज़' इतनी सफ़ेद थी कि उसकी सफ़ेदी बेजान सी हो गयी थी। जिस तरह मूली ठण्डी होती है उसी तरह उसका सफ़ेद रंग भी ठण्डा था। कमर में हल्का-सा ख़म था जैसा कि अक्सर मूलियों में होता है। अनवर ने जब उसको देखा तो उसने सब्ज़ दुपट्टा ओढ़ा हुआ था। ग़ालबन यही वजह है कि उसको 'परवेज़' हुबहू मूली नज़र आयी जिसके साथ सब्ज़ पत्ते लगे हों।

अनवर से हाथ मिला कर 'परवेज़' अपने नन्हे से कुत्ते को गोद में ले कर कुर्सी पर बैठ गयी। उसके सुर्ख़ी लगे होंठों पर जो उसके सफ़ेद ठण्डे चेहरे पर एक दहकता हुआ अंगारा-सा लगते थे। ज़ईफ़ सी मुस्कराहट पैदा हुई कुत्ते के बालों में अपनी लम्बी-लम्बी उँगलियों से कंघी करते हुए उसने दीवार के साथ लटकी हुई अनवर के दोस्त 'जमील' की तस्वीर की तरफ़ देखते हुए कहा, "आपसे मिलकर बहुत खुशी हुई।"

अनवर को उसके साथ मिलकर क़तअन खुशी नहीं हुई थी। रंज भी नहीं हुआ था। अगर वह सोचता तो यक़ीनी तौर पर अपने सही रद्द-ए-अमल को बयान न कर सकता। दरअसल 'परवेज़' से मिलकर वह फ़ैसला नहीं कर सका था कि वह एक लड़की से मिला है या उसकी मुलाक़ात किसी लड़के से हुई है या सर्दियों में क्रिकेट के मैच देखते हुए उसने एक मूली ख़रीद ली है।

अनवर ने उसकी तरफ़ ग़ौर से देखा। उसकी आँखें ख़ूबसूरत थीं। बस एक सिर्फ़ यही चीज़ थी जिसके मुताल्लिक़ तारीफ़ी अल्फ़ाज़ में कुछ कहा जा सकता था। उन आँखों के अलावा 'परवेज़' के जिस्म के हर हिस्से पर नुक्ताचीनी हो सकती थी। बाँहें बहुत पतली थीं जो छोटी आस्तीनों वाली क़मीज़ में से बहुत ही यख़-आलूद अन्दाज़ में बाहर को निकली हुई थीं। अगर उसके सिर पर सब्ज़ दुपट्टा न होता तो अनवर ने यक़ीनन उसको रेफ्रिजरेटर समझा होता जिसका रंग आम तौर पर

उकता देने वाला सफ़ेद होता है। उसको होंटों पर जीते-जीते लहू जैसी सुर्ख़ी बहुत घुल रही थी। बर्फ़ के साथ आग का क्या जोड़? ...उसकी छोटी आस्तीनों वाली क़मीज़ सफ़ेद कैम्ब्रिक की थी। शलवार सफ़ेद लट्ठे की थी। सैंडल भी सफ़ेद थे। इस तमाम सफ़ेदी पर उसका सब्ज़ दुपट्टा इतना इन्क़ेलाब अंगेज़ नहीं था। मगर उसके सुर्ख़ी लगे होंट एक अजीब सा हंगामा ख़ेज़ तज़ाद बनकर उसके चेहरे के साथ चिमटे हुए थे।

सेहन में जब वह चन्द क़दम चलकर जमील की तरफ़ अपने नन्हें से कुत्ते को देखती हुई बढ़ी थी तो अनवर ने महसूस किया था कि ये औरत जो कि आ रही है औरत नहीं तरकारी है। उससे हाथ मिलाते वक़्त उसे ऐसा लगा था जैसे उसका हाथ किसी लाश ने पकड़ लिया है। मगर जब उसने बातें शुरू की तो वह ठण्डी गिरफ़्त जो उसके हाथ के साथ चिमटी हुई थी कुछ गर्म होने लगी।

वह आवारा ख़याल थी। उसकी बातें सब की सब बेजोड़ थीं। मौसम का ज़िक्र करते करते वह अपने दर्ज़ी की तरफ़ लुढ़क गयी। दर्जी की बात अभी अधूरी ही थी कि उसको अपने कुत्ते की छींकों का ख़याल आ गया। कुत्ते ने छींका तो उसने अपने ख़ाविन्द के मुताल्लिक़ यह कहना शुरू कर दिया "वो बिलकुल मेरा ख़याल नहीं रखते। देखिए अभी तक दफ़्तर से नहीं आये।"

अनवर के लिए 'परवेज़' और उसका ख़ाविन्द दोनों बिलकुल नये थे। वह 'परवेज़' को जानता था न उसके ख़ाविन्द को। गुफ़्तगू के दौरान में सिर्फ़ उसको इस क़दर मालूम हुआ कि 'परवेज़' का ख़ाविन्द 'जमील' का पड़ोसी है और एक्सपोर्ट इम्पोर्ट का काम करता है अलबत्ता उसने यह ज़रूर महसूस किया कि 'परवेज़' गुफ़्तगू के आग़ाज़ से गुफ़्तगू के एख़तिताम तक उसको ऐसी नज़रों से देखती थी। जिनमें जिन्सी बुलावा था। अनवर को हैरत थी कि एक ठण्डी मूली में यह बुलावा कैसे हो सकता है।

वह उठकर जाने लगी तो उसने गोद से अपने नन्हे कुत्ते को उतारा और उससे कहा "चलो टेनी चलें।" फिर मिसेज़ जमील से जीगरबूल के बारे में कुछ पूछकर अपने सुर्ख़ होठों पर छिदरी-सी मुस्कराहट पैदा करके अनवर की तरफ़ हाथ बढ़ाकर उसने कहा, "मेरे हज़बेंड से मिलकर आपको बहुत खुशी होगी।"

एक बार फिर अनवर ने फ्रिजरेटर में अपना हाथ दिया और सोचा, "मुझे इसके हज़बेंड से मिलकर क्या खुशी होगी। जबकि ये ख़ुद उससे ना खुश है...उसने कहा था कि "वो मेरा बिलकुल ख़याल नहीं रखते।"

देर तक वह जमील और उसकी बीवी से बातें करता रहा कि शायद उनमें से कोई परवेज़ के मुताल्लिक़ बात करेगा। और उसको इस औरत के बारे में कुछ मालूमात हासिल होगी जिसको उसने ठण्डी मूली समझा था। मगर कोई ऐसी बात न हुई जो 'परवेज़' की शख़्सियत पर रोशनी डालती। जीगर वूल का ज़िक्र आया तो

मिसेज़ जमील ने सिर्फ़ इतना कहा, "परी का टेस्ट रंगों के बारे में बहुत अच्छा है।"

"परवेज़...परी" अनवर ने सोचा, कितनी ग़लत तख़फ़ीफ़ है यह ख़स्ता सी रीढ़ की हड्डी वाली औरत जिसका रंग उकता देने वाली हद तक सफ़ेद है...उसको परी कहा जाय क्या यह कोह क़ाफ़ की तौहीन नहीं?

जब परवेज़ के मुताल्लिक़ और कोई बात न हुई तो 'अनवर' ने 'जमील' से रुख़सत चाही, "अच्छा भाई मैं चलता हूँ।" फिर वह मिसेज़ जमील से मुख़ातिब हुआ। "भाभी आपकी परी बड़ी दिलचस्प चीज़ है।"

मिसेज़ जमील मुस्कराई "क्यों?"

अनवर ने यूँ ही कह दिया था। मिसेज़ जमील ने क्यों कहा तो उसको कोई जवाब न सूझा। थोड़े से तवक़्क़ुफ़ के बाद वो मुस्कराया, "क्या आपके नज़दीक वह दिलचस्प नहीं?" "कौन हैं ये मोहतरमा?"

मिसेज़ जमील ने कोई जवाब न दिया। जमील ने उसकी तरफ़ देखा तो उसने नज़रें झुका लीं। जमील मुस्करा कर उठा और अनवर के कन्धे को दबा कर उसने गुटक कर कहा, "चलो तुम्हें बताता हूँ कौन हैं ये मोहतरमा...बड़ी वाजिब-ए-ताज़ीम हस्ती हैं।"

"आपको तो बस कोई मौक़ा मिलना चाहिए।" मिसेज़ जमील के लहजे में झुँझलाहट थी।

जमील हँसा। "क्या मैं ग़लत कहता हूँ कि परी वाजिब-ए-ताज़ीम हस्ती नहीं"

"मैं नहीं जानती" ये कहकर मिसेज़ जमील उठीं और अन्दर कमरे में चली गयीं। जमील ने फिर अनवर का कन्धा दबाया और उससे मुस्कराते हुए कहा, "बैठ जाओ ...तुम्हारी भाभी ने हमें परी के मुताल्लिक़ बातें करने का मौक़ा दिया है।"

अनवर बैठ गया। 'जमील' ने सिगरेट सुलगाया और उससे पूछा, "तुम्हें परी में क्या दिलचस्पी नज़र आयी?"

अनवर ने कुछ देर अपने दिमाग़ को कुरेदा, "दिलचस्पी...मैं कुछ नहीं कह सकता। मेरा ख़याल है उसका ग़ैर दिलचस्प होना ही शायद इस दिलचस्पी का बायस है।"

'जमील' ने चुटकी बजा कर सिगरेट की राख झाड़ी, "लफ़्ज़ों का उलट फेर नहीं चलेगा...साफ़-साफ़ बताओ तुम्हें इसमें क्या दिलचस्पी नज़र आयी?"

अनवर को यह जिरह पसन्द न आयी, "मुझे जो कुछ कहना था, मैंने कह दिया है।"

'जमील' हँसा, फिर एकदम संजीदा हो कर उसने सामने कमरे की तरफ़ देखा और दबी ज़बान में कहा, "बड़ी ख़तरनाक औरत है अनवर।"

अनवर ने हैरत से पूछा, "क्या मतलब?"

"मतलब यह कि मोहतरमा दो आदमियों का ख़ून करा चुकी हैं।"

अनवर की आँखों के सामने म'अन 'परवेज़' का सफ़ेद रंग आ गया। मुस्करा कर कहने लगा। "इसके बावजूद लहू की एक छींट भी नहीं इसमें" लेकिन फ़ौरन ही उसको मामले की संगीनी का ख़याल आया तो उसने संजीदा हो कर जमील से पूछा, "क्या कहा तुमने?...दो आदमियों का ख़ून?"

अनवर ने चुटकी बजा कर सिगरेट की राख झाड़ी, "जी हाँ...एक कैप्टन था। दूसरा सर बहाउद्दीन का लड़का।"

"कौन सर बहाउद्दीन?"

"अमाँ वही...जो ऐग्रीकल्चरल डिपार्टमेंट में ख़ुदा मालूम क्या थे।"

अनवर को कुछ पता न चला। बहा उद्दीन को छोड़ कर उसने 'जमील' से पूछा "कैसे ख़ून हुआ उन दोनों का?"

"जैसे हुआ करता है। कॉलेज में कैप्टन साहब से 'परी' का याराना था। शादी करके जब वह बम्बई गयी तो वहाँ सर बहाउद्दीन के लड़के से राह-ओ-रस्म पैदा हो गयी। इत्तफ़ाक़ से ट्रेनिंग के सिलसिले में कप्तान साहब वहाँ पहुँचे। पुराने तालुक़ात क़ायम करना चाहे तो सर बाहउद्दीन के लड़के आड़े आये। एक पार्टी में दोनों की चिख़ हुई। दूसरे रोज़ कप्तान साहब ने पिस्तौल दाग़ दिया। रक़ीब वहीं ढेर हो गये। परी को बहुत अफ़सोस हुआ। सर बहाउद्दीन के लड़के की मौत के ग़म में उसने कई दिन सोग में काटे। जब कप्तान साहब को फाँसी हुई तो लोग कहते हैं। उसकी आँखों ने हज़ारहा असली आँसू बहाए...इसके बाद एक नौजवान पारसी उसके दाम-ए-मुहब्बत में गिरफ़्तार हो गया। वस्ल की रात जब उसे पता चला कि उसकी महबूबा शादी शुदा है तो उसने अपने बाप की डिस्पेंसरी से ज़हर ले कर खा लिया।"

अनवर ने कहा, "यह तो तीन ख़ून हुए।"

जमील मुस्कराया। नौजवान पारसी खुश किस्मत था उसके बाप ने उसे मौत के मुँह से बचा लिया।

"बड़ी अजीब-ओ-ग़रीब औरत है" यह कहकर अनवर सोचने लगा कि परवेज़ जिसमें कशिश नाम को भी नहीं कैसे इन हंगामों का बायस हुई। कप्तान ने उसमें क्या देखा। सर बहाउद्दीन के लड़के को उसमें क्या चीज़ नज़र आयी? ...और उस नौजवान पारसी ने इस ढीली-ढाली औरत में क्या दिलकशी देखी?

अनवर ने 'परवेज़' को तसव्वुर में नंगा करके देखा। ढीली-ढाली हड्डियों का एक ढाँचा जिस पर सफ़ेद-सफ़ेद गोश्त मढ़ा हुआ था, ख़ून के बग़ैर। कूल्हे दुबले-पतले लड़के के कूल्हों जैसे थे। रीढ़ की हड्डी में कोई दम नहीं था। ऐसा मालूम होता था कि अगर उसके सिर पर हाथ रखकर किसी ने दबाया तो वह दो नीम हो जायेगी। बाल कटे हुए थे जो हाइड्रोजन पर आक्साइड के इस्तेमाल से अपना कुदरती रंग खो चुके थे। ...क्या था उसके सरापा में? ...एक फ़क़्त उसकी आँखें

कुछ ग़नीमत थीं।

अनवर ने सोचा "सिर्फ़ आँखें कौन चाटता फिरता है...कोई बात होनी चाहिए। ...लेकिन हैरत है कि इस ठण्डी मूली ने इतने बड़े हंगामे पैदा किये। मुझसे तो जब उसने हाथ मिलाया था तो मैने ख़याल किया था कि मुझे बदबूदार डकारें आनी शुरू हो जायेंगी...कुछ समझ में नहीं आता। लेकिन कुछ न कुछ है ज़रूर इस परी में।"

'जमील' ने उसे बताया कि रावलपिण्डी में 'परवेज़' के कॉलेज के रोमांस मशहूर हैं। उस ज़माने में उसके बैक वक़्त तीन-तीन, चार-चार लड़कों से रोमान चलते थे छह लड़के उसी के बायस बदर हुए। एक को बीमार हो कर सेनीटोरियम में दाख़िल होना पड़ा।

अनवर की हैरत बढ़ती गयी उसने ज़मील से पूछा... "कौन है उसका ख़ाविन्द? ...और ख़ुद किसकी लड़की है?"

जमील ने जवाब दिया, "बहुत बड़े बाप की...किसी ज़माने में अहमदाबाद हाई कोर्ट के चीफ़ जस्टिस थे। आजकल रिटायर्ड है...ख़ाविन्द उसका हिन्दू है।"

"हिन्दू?"

"नहीं, अब ईसाई हो चुका है?"

"क्या करता है?"

"मेरा ख़याल है शुरू में उसका ज़िक्र आया था कि एक्सपोर्ट इम्पोर्ट का काम करता है।"

अनवर को याद आ गया, "हाँ, हाँ, कुछ ऐसी बात हुई थी...शायद भाभी जान ने बताया था?"

'जमील' और अनवर थोड़ी देर ख़ामोश रहे। जमील ने सिगरेट सुलगाया और इधर-उधर देख कर कि उसकी बीवी न सुन रही हो। अनवर का कन्धा दबाकर सरगोशी में कहा, "तुम परी से ज़रूर मिलो...देखना क्या होता है?"

अनवर ने ख़ुद से पूछा मगर जमील से कहा, "क्या होगा?"

'जमील' के होंटों में एक शरीर सी मुस्कराहट पैदा हुई, "वही होगा जो मंज़ूर-ए-ख़ुदा होगा।" फिर उसने आवाज़ दबाकर कहा, "कल शाम चाय वहीं पियँगे। उसका ख़ाविन्द रात को आता है।"

प्रोग्राम तय हो गया। 'परवेज़' के मुताल्लिक़ इतनी बातें सुन कर उसके दिमाग़ में ख़ुद बुद सी हो रही है। वो बार-बार सोचता था, "मुलाक़ात पर क्या होगा...कोई ग़ैर मामूली चीज़ वक़ू पज़ीर होगीं...हो सकता है 'जमील' ने मज़ाक़ किया हो...हो सकता है 'जमील' ने जो कुछ भी उसके बारे में कहा सर ता पा ग़लत हो, लेकिन फिर उसे ख़याल आता जमील को ख़्वामख़्वाह झूठ बोलने की क्या ज़रूरत थी?"

दूसरे रोज़ शाम को जमील और वह दोनों परी के यहाँ गये। वह गुसलख़ाने में नहा रही थी। नौकर ने उनको बड़े कमरे में बिठा दिया। अनवर वोग की वरक़ गर्दानी

करने लगा। दफ़अतन जमील उठा, "मैं सिगरेट भूल आया...अभी आता हूँ।" यह कहकर वह चला गया।

अनवर वोग में छपी हुई एक तस्वीर देख रहा था कि उसे कमरे में किसी और की मौजूदगी का एहसास हुआ। नज़रें उठाकर उसने देखा तो 'परवेज़' थी। अनवर सटपटा गया। उसने सफ़ेद पाजामा पहना हुआ जो जा बजा गीला था। मलमल का कुर्ता उसके पानी से तर बदन के साथ चिपका हुआ था। मुस्करा कर उसने अनवर से कहा, "आप बड़े इंहमाक से तस्वीर देख रहे थे।"

परचा छोड़ कर अनवर उठा। उसने कुछ कहना चाहा। मगर परवेज़ उसके पास आ गयी। परचा उठाकर उसने एक हाथ से अपने कटे हुए बालों को एक तरफ़ किया और मुस्करा कर कहा "मुझे मालूम है कि आप आयें हैं तो मैं ऐसे ही चली आयी" यह कहकर उसने अपने मलमल के गीले कुर्ते को देखा। जिसमें दो काले धब्बे साफ़ दिखायी दे रहे थे। फिर उसने 'अनवर' का हाथ पकड़ा, "चलिए अन्दर चलें।"

अनवर मिनमिनाया, "'जमील'...जमील भी साथ था मेरे...सिगरेट भूल आया था। लेने गया है।"

'परवेज़' ने अनवर को खींचा, "वह आ जायेगा...चलिए"

अनवर को जाना ही पड़ा। जिस कमरे में वो दाख़िल हुए उसमें कोई कुर्सी नहीं थी। दो स्प्रिंगों वाले रनागौनी पलँग थे। एक ड्रेसिंग टेबल थी। उसके साथ एक स्टूल पड़ा था। परी उस स्टूल पर बैठ गयी और एक पलँग की तरफ़ इशारा करके अनवर से कहा, "बैठिए"।

अनवर हिचकिचाते हुए बैठ गया। उसने चाहा कि जमील आ जाय क्योंकि उसे बेहद उलझन हो रही थी। परवेज़ के गीले कुर्ते के साथ चिमटे हुए दो काले धब्बे उसको दो अन्धी आँखें लगते थे जो उसके सीने को घूर-घूर कर देख रही हैं। 'अनवर' ने उठकर जाना चाहा, "मेरा ख़याल है मैं जमील को बुलाऊँ" मगर वह उसके साथ पलँग पर बैठ गयी। ड्रेसिंग-टेबल पर रखे हुए फ्रेम की तरफ़ इशारा करके उसने अनवर से कहा, "ये मेरे हज़बेंड हैं...बहुत ज़ालिम आदमी है जमील साहब"

अनवर मिनमिनाया, "आप मज़ाक़ करती हैं।"

"जी नहीं...मेरे और उसके मिज़ाज में ज़मीन-ओ-आसमान का फ़र्क़ है...असल में शादी से पहले मुझे देख लेना चाहिए था कि वह समझता है कि नहीं...जिस चीज़ का मुझे शौक़ हो उसे बिलकुल पसन्द नहीं होती...आप बताइए ये कहती हुई वह लौट लगाकर पलँग पर औंधी लेट गयी, "इस तरह लेटने में क्या हर्ज है"

अनवर एक कोने में सरक गया। उसे कोई जवाब न सूझा। उसने सिर्फ़ इतना सोचा, "इसका दरमियानी हिस्सा कितना ग़ैर निस्वानी है"

'परवेज़' औंधी लेट रही, "आपने जवाब नहीं दिया मुझे...बताइए इस तरह लेटने में क्या हर्ज है?"

अनवर का हलक़ सूखने लगा, "कोई हर्ज नहीं।"

"लेकिन उसको नापसन्द है। ...ख़ुदा मालूम क्यों" यह कहकर 'परवेज़' ने गर्दन टेढ़ी करके अनवर की तरफ़ देखा, "आदमी इस तरह लेटे तो मालूम होता है तैर रहा है...मैं यूँ लेटूँ तो ऊपर बड़ा तकिया रख लिया करती हूँ। ज़रा उठाइए न वह तकिया और मेरे ऊपर रख दीजिए।"

अनवर का हलक़ बिलकुल ख़ुश्क हो गया। उसकी समझ में नहीं आता क्या करे। उठने लगा तो 'परवेज़' ने अपनी पतली टाँग से उसको रोका। "बैठ जाइए ना"

"जी मैं जमील..."

वो मुस्कराई "जमील से वकूफ़ है एक दिन मुझसे बातें कर रहा था। मैंने उससे कहा अपने ख़ाविन्द के सिवा मेरा और किसी से वह ताल्लुक नहीं रहा जो एक मर्द और औरत में होता है तो वह हँसने लगा...मुझे तो वैसे भी इस ताल्लुक से नफ़रत है...ज़रा तकिया उठाकर रख दीजिए ना मेरे ऊपर।"

अनवर इसी बहाने उठा। तकिया दूसरे कोने में पड़ा था। उसे उठाया और 'परवेज़' के दरमियानी हिस्से पर जो कि बहुत ही ग़ैर निस्वानी था रख दिया।

'परवेज़' मुस्कराई "शुक्रिया...बैठिए अब बातें करें।"

"जी नहीं...आप तकिए से बातें करें। मैं चला।" ये कहकर अनवर पसीना पोंछता बाहर निकल गया।

बर्मी लड़की

ज्ञान की शूटिंग थी। इसलिए किफ़ायत जल्दी सो गया। फ़्लैट में और कोई नहीं था। बीवी बच्चे रावलपिण्डी चले गये थे। हमसायों से उसे कोई दिलचस्पी नहीं थी। यूँ भी बम्बई में लोगों को अपने हमसायों से कोई सरोकार नहीं होता। किफ़ायत ने अकेले ब्राण्डी के चार पेग पिये खाना खाया। नौकरों को रूख़सत किया और दरवाज़ा बन्द करके सो गया।

रात के पाँच बजे के क़रीब किफ़ायत से खुमार-आलूद कानों को धक की आवाज़ सुनाई दी। उसने आँखें खोलीं। नीचे बाज़ार में एक ट्रेन दनदनाती हुई गुज़री। चन्द लम्हात के बाद दरवाज़े पर बड़े ज़ोरों की दस्तक हुई। किफ़ायत उठा। पलँग से उतरा तो उसके नंगे पैर टख़नों तक पानी में चले गये। उसको सख़्त हैरत हुई कि कमरे में इतना पानी कहाँ से आया। और बाहर कारीडोर में उससे भी ज़्यादा पानी था। दरवाज़े पर दस्तक जारी थी। उसने पानी के मुताल्लिक़ सोचना छोड़ा और दरवाज़ा खोला।

ज्ञान ने ज़ोर से कहा, "ये क्या है?"

किफ़ायत ने जवाब दिया, "पानी"

"पानी नहीं...औरत!" ये कह ज्ञान नीम अँधेरे कारीडोर में दाख़िल हुआ। उसके पीछे एक छोटे से क़द की लड़की थी।

ज्ञान को फ़र्श पर फैले हुए पानी का एहसास न हुआ। लड़की ने पायजामा ऊपर उठा लिया। और छोटे-छोटे क़दम उठाती ज्ञान के पीछे चली गयी।

किफ़ायत के ज़ेहन में पहले पानी था। अब यह लड़की उसमें दाख़िल हो गयी और डुबकियाँ लगाने लगी। सबसे पहले उसने सोचा कि यह कौन है? शक्ल सूरत और लिबास के एतबार से बर्मी मालूम होती है। लेकिन ज्ञान इसे कहाँ से ले आया?

ज्ञान अन्दर कमरे में जा कर कपड़े तबदील किये बग़ैर पलँग पर लेटा और लेटते ही सो गया। किफ़ायत ने उससे बात करना चाही मगर उसने सिर्फ़ हूँ हाँ में जवाब दिया और आँखें न खोलीं। किफ़ायत ने उस लड़की की तरफ़ एक नज़र देखा जो सामने वाले पलँग पर बैठी थी। और बाहर निकल गया।

बावर्चीख़ाने में जा कर उसे मालूम हुआ कि रबड़ का वह पाइप जो रात को बड़ा

ड्रम भरा करता था बाहर निकला हुआ है। तीन बजे जब नल में पानी आया तो उसने तमाम कमरे सैराब कर दिये। तीनों नौकर बाहर गली में सो रहे थे। किफ़ायत ने उनको जगाया और पानी ख़ारिज करने के काम पर लगा दिया। वह ख़ुद भी उनके साथ शरीक था। सब चुल्लुओं से पानी उठाते थे और बाल्टियों में डालते जाते थे। उस बर्मी लड़की ने जब उनको ये काम करते देखा तो झटपट सैंडल उतार उनका हाथ बँटाने लगी।

उसके छोटे-छोटे गोरे हाथ, उँगलियों के नाखून बढ़ाए हुए और सुर्ख़ी लगे थे। छोटे-छोटे कटे हुए बाल थे जिनमें हल्की-हल्की लहरें थी। मर्दार मौज़ूँ का मगर खुला रेशमी पायजामा पहने थी। उस पर स्याह रंग का रेशमी कुर्ता था। जिसमें उसकी छोटी-छोटी छातियाँ छिपी हुई थीं।

जब उसने उन लोगों का हाथ बँटाना शुरू किया तो किफ़ायत ने उसे मना किया "आप तकलीफ़ न कीजिए यह काम हो जायेगा।"

उसने कोई जवाब न दिया। छोटे-छोटे सुर्ख़ी लगे होंटों से मुस्कराई और काम में लगी रही। आधे घण्टे के अन्दर-अन्दर तीनों कमरों से पानी निकल गया। किफ़ायत ने सोचा, "चलो ये भी अच्छा हुआ इसी बहाने सारा घर धुल कर साफ़ हो गया।"

वह बर्मी लड़की हाथ धोने के लिए गुसलख़ाने में चली गयी। कि[illegible] कमर सीधा करने के लिए बिस्तर पर लेटा नींद पूरी नहीं हुई थी[illegible]

तक़रीबन नौ बजे वह जागा और जागते ही उसे [illegible] पहले पानी का ख़याल आया। फिर उसने बर्मी लड़की के मुताल्लिक़ [illegible] जो ज्ञान के साथ आयी थी। "कहीं ख़्वाब तो नहीं था। लेकिन ये सा[illegible] ज्ञान सो रहा है और फ़र्श भी धुला हुआ है।"

किफ़ायत ने ग़ौर से ज्ञान की तरफ़ देखा। वह पतलून कोट बल्कि जूते समेत औंधा सो रहा [illegible] किफ़ायत ने उसको जगाया। उसने एक आँख खोली और पूछा "क्या है[illegible]

"यह लड़की कौन है?"

ज्ञान एकदम चौंका "लड़की...कहाँ है" फिर फ़ौरन ही चित लेट गया "ओह ...बकवास न करो...ठीक है।"

किफ़ायत ने उसे फिर जगाने की कोशिश की मगर वह ख़ामोश सोया रहा। उसको साढ़े नौ बजे अपने काम पर जाना था। उसने जल्दी जल्दी गुसल किया। श्यू भी गुसलख़ाने के अन्दर ही कर लिया। बाहर निकल कर ड्राइंग-रूम में गया तो उसको मेज़ सजी हुई नज़र आयी।

सुबह नाश्ता पर आम तौर पर किफ़ायत के यहाँ बहुत सी मुख़्तसर चीज़ें होती थीं। दो उबले हुए अंडे। दो तोस। मक्खन और चाय...मगर आज मेज़ रंगीन थी।

उसने ग़ौर से देखा छिले हुए अंडे अजीब-ओ-ग़रीब अन्दाज़ में कटे हुए थे कि फूल मालूम होते थे। सलाद था बड़े ख़ूबसूरत तरीक़े से प्लेट में सजा हुआ। तोसों पर भी मीनाकारी की हुयी थी। किफ़ायत चकरा गया। बावर्चीख़ाने में गया तो वह बर्मी लड़की चौकी पर बैठी सामने अंगीठी रखे कुछ कर रही थी। तीनों नौकर उसके इर्द-गिर्द थे और हँस-हँस कर उससे बातें कर रहे थे। किफ़ायत को देख कर वे उठ खड़े हुए। बर्मी लड़की ने आँखें घुमा कर उसकी तरफ़ देखा और मुस्करा दी।

किफ़ायत ने उससे बात करना चाही लेकिन वह कैसे करता। उससे क्या कहता। वह उसको जानता तक नहीं था। उसने अपने एक नौकर से सिर्फ़ इतना पूछा, "ये नाश्ता आज किसने तैयार किया है बशीर?"

बशीर ने उस बर्मी लड़की की तरफ़ इशारा किया, "बाई जी ने"।

वक़्त बहुत कम था। किफ़ायत ने जल्दी-जल्दी बाँका-सजीला नाश्ता खाया और कपड़े पहन कर अपने दफ़्तर रवाना हो गया। शाम को वापस आया तो वह बर्मी लड़की उसके स्लीपिंग-सूट का इकलौता पायजामा पहने अपना कुर्ता इस्त्री कर रही थी। किफ़ायत पीछे हट गया, क्योंकि वह सिर्फ़ पायजामा पहने थी।

"आ जाइए"

शायद[illegible]हज़ा बड़ा साफ़-सुथरा था। किफ़ायत ने सोचा कि बर्मी लड़की की बजाय पर मुस्कराहट[illegible] बोला है। जब वह अन्दर गया तो उस लड़की ने छोटे-छोटे होंटों [illegible] उसको सलाम किया। किफ़ायत की मौजूदगी में उसने कोई हिजाब महसूस न किय[illegible] सुकून से वह अपना स्याह कुर्ता इस्त्री करती रही। किफ़ायत ने देखा उसकी छोटी-छो[illegible] छातियों के दरमियानी हिस्से में इस्त्री की गर्मी के बायस पसीने की नन्ही-नन्ही बूंद[illegible] हो गयी थीं।

किफ़ायत ने ज्ञान के बारे में पूछने के लिए बश[illegible] आवाज़ देना चाही मगर रुक गया। उसने मुनासिब ख़याल न किया क्योंकि वह लड़की [illegible] नंगी थी। उसने हैट उतार कर एक तरफ़ रखा। थोड़ी देर उस नीम-उर्यानी को देखा मगर [illegible]ई हेजान महसूस न किया। ...लड़की का बदन बेदाग़ था। जिल्द निहायत ही मुलायम [illegible] इतनी मुलायम कि निगाहें फिसल-फिसल जाती थीं।

कुर्ता इस्त्री हो गया तो उसने स्विच ऑफ किया। एक कुर्ता और भी था सफ़ेद बोस्की का जो तह किया हुआ इस्त्री-शुदा पायजामे पर रखा था। उसने ये सब कपड़े उठाए और किफ़ायत से मुख़ातिब हुई "मैं नहाने चली हूँ"

ये कह कर वह चली गयी। किफ़ायत टोपी उतार कर सिर खुजलाने लगा, "कौन है यह?"

उसके दिमाग़ में बड़ी ख़ुदबुद हो रही थी जब भी वह उस लड़की के मुताल्लिक़ सोचता सारा वाक़िया उसके सामने आ जाता। रात को उसका उठना। पानी ही

पानी। उसका दरवाज़ा खोलना और कहना "पानी" और ज्ञान का यह जवाब देना "पानी नहीं, औरत" और एक नन्हीं सी गुड़िया का छम से अन्दर आ जाना।

किफ़ायत ने दिल में कहा, "हटाओ जी...ज्ञान आयेगा तो सब कुछ मालूम हो जायेगा...लौण्डिया है दिलचस्प...इतनी छोटी है कि जी चाहता है कि आदमी जेब में रख ले...चलो ब्राण्डी पिये।"

बशीर ने गिलास, बाण्डी और बर्फ़ वग़ैरा सब कुछ एलाक़ाय़ी कमरे में तिपायी पर रख दिया था। किफ़ायत ने कपड़े बदले और पीना शुरू कर दी। पहला पेग ख़त्म किया तो उसे गुसलख़ाने का दरवाज़ा खुलने की "चू" सुनाई दी। दूसरा पेग डाल कर वह इन्तज़ार करने लगा कि थोड़ी ही देर में वह बर्मी लड़की ज़रूर इधर आयेगी। उसके मुक़र्रर चार पेग ख़त्म हो गये मगर वह न आयी। ज्ञान भी न आया। किफ़ायत झुँझला गया। अन्दर बेड-रूम में जा कर उसने देखा वह लड़की इस्त्री किये हुये कपड़े पहने अपनी गोल-गोल छातियों पर रखे बड़े इत्मिनान से सो रही थी। ...इस्त्री वाली मेज़ पर उसके स्लीपिंग-सूट का इकलौता पायजामा बड़ी अच्छी तरह तह किया हुआ रखा था।

किफ़ायत ने वापस जा कर ब्राण्डी का एक डबल पेग गिलास में डाला और नीट ही चढ़ा गया...थोड़ी देर के बाद उसका सिर घूमने लगा। उसने बर्मी लड़की के मुताल्लिक़ सोचने की कोशिश की, मगर उसने ऐसा महसूस किया कि वह चुल्लुओं में पानी भर-भर के उसके दिमाग़ में डाल रही है। खाना खाए बग़ैर वह सोफ़े पर लेट गया और उस बर्मी लड़की के मुताल्लिक़ कुछ सोचने की कोशिश करते हुए सो गया।

सुबह हुई तो उसने देखा कि वह सोफ़े की बजाय अन्दर अपने पलँग पर है। उसने हाफ़ज़े पर ज़ोर दिया। "मैं रात कब आया यहाँ...क्या मैंने खाना खाया था?"

किफ़ायत को कोई जवाब न मिला। सामने वाला पलँग ख़ाली था। उसने ज़ोर से बशीर को आवाज़ दी। वह भाग अन्दर आया। किफ़ायत ने उससे पूछा, "ज्ञान साहब कहाँ है?"

बशीर ने जवाब दिया, "रात को नहीं आये।"

"क्यों।"

"मालूम नहीं साहब।"

"वह बाई जी कहाँ हैं।"

"मच्छी तल रही हैं।"

किफ़ायत के दिमाग़ में मछलियाँ तली जाने लगीं। उठ कर बावर्चीख़ाने में गया तो वह चौकी पर बैठी सामने अंगीठी रखे मछली तल रही थी। किफ़ायत को देख कर उसके होंठों पर एक छोटी सी मुस्कराहट पैदा हुई। हाथ उठा कर उसने सलाम किया और अपने काम में मशग़ूल हो गयी...किफ़ायत ने देखा तीनों नौकर बेहद

मसरूर थे और बड़ी मुस्तअदी से उस लड़की का हाथ बँटा रहे थे।

बशीर को कुछ दिनों की छुट्टी पर अपने वतन जाना था। कई दिनों से वह बार-बार कहता था कि साहब मुझे तनख़्वाह दे दीजिए, मुझे घर से कई ख़त आ चुके हैं। वालिदा बीमार हैं। रात को वह उसे तनख़्वाह देना भूल गया था अब उसे याद आया तो उसने बशीर से कहा, "इधर आओ बशीर, अपनी तनख़्वाह ले लो—मैं कल दफ़्तर से रुपये ले आया था।"

बशीर ने तनख़्वाह ले ली, किफ़ायत ने उससे पूछा, "नौ बजे गाड़ी जाती है। उससे चले जाओ।"

"अच्छा जी।" ये कह कर बशीर चला गया।

नाश्ता बेहद लज़ीज़ था। ख़ास तौर पर मच्छी के टुकड़े उसने खाना शुरू करने से पहले बशीर के ज़रिया से उस बर्मी लड़की को बुला भेजा, मगर वह न आयी। बशीर ने कहा, "जी वह कहती है कि बाद में करेंगी वह नाश्ता।"

किफ़ायत की माली हालत बहुत पतली थी। ज्ञान भी आसूदा हाल नहीं था। दोनों इधर-उधर से पकड़ कर गुज़ारा कर रहे थे। ब्राण्डी का बन्दोबस्त ज्ञान कर देता था बाक़ी खाने-पीने का सिलसिला भी किसी न किसी तरह चल ही रहा था। जिस फिल्म कम्पनी में ज्ञान काम कर रहा था उसका दीवाला निकलने के क़रीब था। मगर उसको यक़ीन था कि कोई मुअजज़ा ज़रूर रुनुमा होगा और उसकी कम्पनी सँभल जायेगी। शूटिंग हो रही थी। ग़ालबन इसीलिए ज्ञान रात को न आ सका था।

नाश्ता करने के बाद किफ़ायत ने झाँक कर बावर्चीख़ाने में देखा। लड़की अपने काम में मशग़ूल। तीनों मुलाज़िम लड़के उससे हँस-हँस कर बातें कर रहे थे। किफ़ायत ने बशीर से कहा, "मछली बहुत अच्छी थी।"

लड़की ने मुड़ कर देखा उसके होंठों पर छोटी-सी मुस्कराहट थी।

किफ़ायत दफ़्तर चला गया। उसको उम्मीद थी कि कुछ रुपयों का बन्दोबस्त हो जायेगा। लेकिन ख़ाली जेब वापस आया। बर्मी लड़की अन्दर बेड-रूम में लेटी तस्वीरों वाला रिसाला देख रही थी। किफ़ायत को देख कर बैठ गयी और सलाम किया।

किफ़ायत ने सलाम का जवाब दिया और उससे पूछा, "ज्ञान साहब आये थे?"

"आये थे दोपहर को...खाना खा कर चले गये...फिर शाम को आये चन्द मिनटों के लिए" ये कह कर उसने एक तरफ़ हट कर तकिया उठाया और काग़ज़ में लिपटी हुई बोतल निकाली, "यह दे गये थे कि मैं आपको दे दूँ।"

मैंने बोतल पकड़ी। काग़ज़ पर ज्ञान के ये चन्द अल्फ़ाज़ थे "कमबख़्त यह चीज़ किसी-न-किसी तरह मिल जाती है लेकिन पैसा नहीं मिलता...बहरहाल ऐश करो...तुम्हारा ज्ञान।"

उसने काग़ज़ खोला। ब्राण्डी की बोतल थी। बर्मी लड़की ने किफ़ायत की तरफ़

देखा और मुस्कराई। किफ़ायत भी मुस्करा दिया। "आप पीती हैं?"

लड़की ने ज़ोर से अपना सिर हिलाया, "नहीं।"

किफ़ायत ने नज़र भर कर उसको देखा और सोचा, "क्या छोटी सी नन्ही-मुन्नी गुड़िया है!"

उसका जी चाहा कि वह उसके साथ बैठ कर बातें करे चुनांचे उससे मुख़ातिब हुआ "आइए इधर दूसरे कमरे में बैठते हैं।"

"नहीं...मैं कपड़े धोऊँगी।"

"इस वक़्त?"

"इस वक्त अच्छा होता है...रात धोये, सुबह सूख गये। उठते ही इस्त्री कर लिए।"

किफ़ायत थोड़ी देर खड़ा रहा। उसे कोई बात न सूझी तो मुलाक़ाती कमरे में बैठ कर ब्राण्डी पीना शुरू कर दी। खाने का वक़्त हो गया। उसने बर्मी लड़की को बुलाया मगर उसने कहा, "मैं ज्ञान साहब के साथ खाऊँगी।"

किफ़ायत ने खाना खाया और अपने पलँग पर सो गया। रात के तक़रीबन एक बजे उसकी आँख खुली। चाँदनी रात थी। हल्की-हल्की रोशनी कमरे में फैली हुई थी। हवा भी बड़े मज़े की चल रही थी। करवट बदली तो देखा सामने पलँग पर एक छोटी सी सुडौल गुड़िया ज्ञान के चौड़े बालों भरे सीने के साथ चिमटी हुई है। किफ़ायत ने आँखें बन्द कर लीं। थोड़े वक्फ़े के बाद ज्ञान की आवाज़ आयी, "जाओ अब मुझे सोने दो...कपड़े पहन लो।"

स्प्रिंगों वाले पलँग की आवाज़ के साथ-साथ रेशम की सराहटें किफ़ायत के कानों में दाख़िल हुईं...थोड़ी देर के बाद किफ़ायत सो गया। सुबह छह बजे उठा, क्योंकि वह रात को ये सोच कर सोया था कि सुबह जल्दी उठेगा, उसे ट्राम का बहुत लम्बा सफ़र तय करके एक आदमी के पास जाना था। जिससे उसे कुछ मिलने की उम्मीद थी। पलँग पर से उतरा तो उसने देखा कि बर्मी लड़की नंगे फ़र्श पर उसके स्लीपिंग सूट का इकलौता पायजामा पहने अपने छोटे से सुडौल बाज़ू को सिर के नीचे रखे बड़े सुकून से सो रही है। किफ़ायत ने उसको जगाया। उसने अपनी काली-काली आँखें खोलीं। किफ़ायत ने उससे कहा, "आप यहाँ क्यों लेटी हैं?"

उसके छोटे-छोटे होंटों पर नन्हीं सी मुस्कराहट पैदा हुई। उठ कर उसने जवाब दिया, "ज्ञान को आदत नहीं किसी को अपने साथ सुलाने की।"

किफ़ायत को ज्ञान की इस आदत का इल्म था। उसने लड़की से कहा "जाइए मेरे पलँग पर लेट जाइए।"

लड़की उठी और किफ़ायत के पलँग पर लेट गयी।

किफ़ायत गुसलख़ाने में गया। वहाँ रस्सी पर बर्मी लड़की के कपड़े लटक रहे थे। किफ़ायत साबुन मल कर नहाने लगा तो उसका ख़याल उस लड़की के मुलायम

जिस्म की तरफ़ चला गया। जिस पर से निगाहें फिसल-फिसल जाती थीं।

गुसल से फ़ारिग़ हो कर किफ़ायत ने कपड़े पहने चूँकि जल्दी में था इसलिए ज्ञान को जगा कर उससे कोई बात न कर सका। सुबह का निकला रात के ग्यारह बजे वापस आया। जेबें ख़ाली थीं। बेड-रूम में गया तो ज्ञान और बर्मी लड़की दोनों इकट्ठे लेटे हुए थे। किफ़ायत ने मुलाक़ाती कमरे में बैठ कर ब्राण्डी पीनी शुरू कर दी। बहुत थका हुआ था। मायूस वापस आया था। बर्मी लड़की के मुताल्लिक़ सोचते-सोचते वहीं सोफ़े पर सो गया। सुबह पाँच बजे उठा। तिपायी पर उसका चौथा पेग पानी में पड़ा बासी हो रहा था।

किफ़ायत उठा। बेड-रूम के नंगे फ़र्श पर बर्मी लड़की सो रही थी। ज्ञान अलमारी के आइने के सामने खड़ा टाई बाँध रहा था। टाई की गिरह ठीक करके उसने दोनों हाथों में लड़की को उठाया और अपने पलँग पर लिटा दिया। मुड़ा तो उसने किफ़ायत को देखा, "क्यों भई, कुछ बन्दोबस्त हुआ रुपयों का?"

किफ़ायत ने बड़ी मायूसी से कहा "नहीं।"

"तो मैं जाता हूँ...देखो शायद कुछ हो जाय।"

पेशतर इसके कि किफ़ायत उसे रोके ज्ञान तेज़ी से बाहर निकल गया। दरवाज़ा खुला तो उसकी आवाज़ आयी, "तुम भी कोशिश करना किफ़ायत।"

किफ़ायत ने पलट कर पलँग की तरफ़ देखा। लड़की बड़े सुकून के साथ सो रही थी। उसके नन्हे से सीने पर छोटी-छोटी गोल-गोल छातियाँ चमक रही थीं। किफ़ायत कमरे से निकल कर गुसलख़ाने में चला गया। अन्दर रस्सी पर लड़की के धुले हुए कपड़े लटक रहे थे।

गुसलख़ाने से फ़ारिग़ हो कर बाहर निकला तो उसने देखा लड़की नौकरों के साथ नाश्ता तैयार करने में मसरूफ़ थी। नाश्ता करके बाहर निकल गया।

चार रोज़ इसी तरह गुज़र गये। किफ़ायत को उस लड़की के मुताल्लिक़ कुछ मालूम न हो सका। ज्ञान कभी रात को देर से आता था, कभी दिन को बहुत जल्दी निकल जाता था। यही हाल किफ़ायत का था। दोनों परेशान थे। पाँचवे रोज़ जब वह सुबह उठा तो बशीर ने किफ़ायत को ज्ञान का रुक्का दिया। उसमें लिखा था "ख़ुदा के लिए किसी-न-किसी तरह दस रुपये पैदा करके बर्मी लड़की को दे दो।"

लड़की खड़ी इस्त्री कर रही थी। ब्लाउज़ की सिर्फ़ एक आस्तीन बाक़ी रह गयी थी। जिस पर वह बड़े सलीक़े से इस्त्री फेर रही थी। किफ़ायत ने उसकी तरफ़ देखा। जब उनकी निगाहे चार हुईं तो लड़की मुस्करा दी। किफ़ायत सोचने लगा कि वह दस रुपये कहाँ से पैदा करे। बशीर पास खड़ा था। उसने किफ़ायत से कहा, "साहब इधर आइए।"

किफ़ायत ने पूछा "क्या बात है?"

"जी कुछ कहना है।"

बशीर ने एक तरफ़ हट कर दस रुपये का नोट निकाला और किफ़ायत को दे दिया। "मैं नहीं गया अभी तक साहब।"

किफ़ायत नोट ले कर सोचने लगा। "नहीं-नहीं...तुम रखो...लेकिन तुम गये क्यों नहीं अभी तक।"

"साहब चला जाऊँगा कल परसों...आप रखिए ये रुपये।"

किफ़ायत ने नोट जेब में डाल लिया, "अच्छा मैं शाम को लौटा दूँगा तुम्हें।"

कपड़े-वपड़े पहन कर जब बर्मी लड़की नाश्ता कर चुकी तो किफायत ने उसको दस रुपये का नोट दिया और कहा, "ज्ञान साहब ने दिया था कि आपको दे दूँ।"

लड़की ने नोट ले लिया और बशीर को आवाज़ दी। बशीर आया तो उससे कहा, "जाओ टैक्सी ले आओ।"

बशीर चला गया तो किफ़ायत ने उससे पूछा, "आप जा रही हैं?"

"जी हाँ।"

ये कह कर वह उठी और बेड-रूम में चली गयी। वह अपना रूमाल इस्त्री करना भूल गयी थी। किफ़ायत ने उससे बातें करने का इरादा किया तो टैक्सी आ गयी। रूमाल हाथ में ले कर वह रवाना होने लगी। किफ़ायत को सलाम किया और कहा, "अच्छा जी...मैं चलती हूँ। ज्ञान को मेरा सलाम बोल देना।"

फिर उसने तीनों नौकरों से हाथ मिलाया और चली गयी। सब के चेहरों पर उदासी छा गयी।

पौने घंटे के बाद ज्ञान आया। वह कुछ ले कर आया था। आते ही उसने किफ़ायत से पूछा, "कहाँ है वह बर्मी लड़की?"

"चली गयी।"

"कैसे? दस रुपये दिये थे तुमने उसे?"

"हाँ"।

"तो ठीक है...ठीक है।" ज्ञान कुर्सी पर बैठ गया।

किफ़ायत ने पूछा, "कौन थी यह लड़की?"

"मालूम नहीं।"

किफ़ायत सर ता पा हैरत बन गया, "क्या मतलब?"

ज्ञान ने जवाब दिया, "मतलब यही कि मैं नहीं जानता कौन थी?"

"झूठ।"

"तुम्हारी क़सम सच कहता हूँ।"

किफ़ायत ने पूछा, "कहाँ से मिल गयी तुम्हें।"

ज्ञान ने टाँगे मेज़ पर रख दीं और मुस्कराया, "अजीब दास्तान है यार...पानी का सैलाब आने वाली रात मैं शंकर के यहाँ चला गया। वहाँ बहुत पी...अँधेरी स्टेशन से गाड़ी में सवार हुआ तो सो गया। गाड़ी मुझे सीधी चर्च गेट ले गयी। वहाँ मुझे

चौकीदार ने जगाया कि उठो...मैंने कहा भई मुझे ग्राण्ट रोड जाना है। चौकीदार हँसा आप पाँच स्टेशन आगे चले आये हैं। उतरा दूसरे प्लेटफ़ार्म पर अँधेरी जाने वाली आख़री गाड़ी खड़ी थी। उसमें सवार हो गया। गाड़ी चली तो मुझे नींद आ गयी। सीधा...अँधेरी पहुँच गया।"

किफ़ायत ने पूछा, "मगर उस लड़की का क्या ताल्लुक़?"

"तुम सुन तो लो" ज्ञान ने सिगरेट सुलगाया, "अँधेरी पहुँचा यानी जब मेरी आँख खुली तो क्या देखता हूँ मैं एक छोटी सी लौण्डिया के साथ चिमटा हूँ। पहले तो मैं डरा। वह जाग रही थी। मैंने पूछा "कौन हो तुम?"...वह मुस्कराई। मैंने फिर पूछा कौन हो भई तुम...वह मुस्कराई और कहने लगी लो इतनी देर से मुझे चूमते रहे और अब पूछते हो, मैं कौन हूँ...मैंने हैरत से कहा, अच्छा...वह हँसने लगी। मैंने दिमाग़ पर ज़ोर दे कर सोचना मुनासिब ख़याल न किया और उसको अपने साथ भेंच लिया ...सुबह तीन बजे तक हम दोनों...प्लेट फार्म की एक बेंच पर सोये रहे। साढ़े तीन की पहली गाड़ी आयी तो उसमें सवार हो गये। मेरे इरादा था कि बन्दोबस्त करके इसको कुछ रुपये दूँगा...यहाँ पहुँचे तो पानी का तूफ़ान आया हुआ था...है ना दिलचस्प दास्तान।"

किफ़ायत ने कहा, "ख़ासी दिलचस्प है...मगर वह इतने दिन क्यों रहीं यहाँ?"

ज्ञान ने सिगरेट फ़र्श पर फेंका "वह कहाँ रही...मैंने उसे रखा...असल में वह यूँ रही कि मेरे पास कुछ था ही नहीं जो उसे देता। बस दिन गुज़रते गये...मैं बेहद शर्मिंदा था। कल रात मैंने उससे साफ़ कह दिया कि देखो भई, दिन बढ़ते जा रहे हैं। तुम ऐसा करो अपना ऐडरेस मुझे दे दो, मैं तुम्हारा हक तुम्हें वहाँ पहुँचा दूँगा। आज कल मेरा हाल बहुत पतला है।"

किफ़ायत ने पूछा, "ये सुन कर उसने क्या कहा?"

ज्ञान ने सिर को जुम्बिश दी, "अजीब ही लड़की थी...कहने लगी, ये क्या कहते हो...मैंने तुमसे कब माँगा है...लेकिन दस रुपये मुझे दे देना...मेरा घर यहाँ से बहुत दूर है टैक्सी में जाऊँगी। मेरे पास एक भी पैसा नहीं।"

किफ़ायत ने सवाल किया, "नाम क्या था उसका?"

ज्ञान सोचने लगा।

"भूल गये?"

ज्ञान ने अपनी टाँगें मेज़ पर से हटाईं, "नहीं यार...मैंने उससे नाम नहीं पूछा...हद हो गयी..." ये कह कर वह हँसने लगा।

□□